IRELAND

ENGLAND

FRANCE

PORTUGAL

MAP
OF
FRANCE
ENGLAND
NETHERLANDS
BELGIUM
GERMANY
SWITZERLAND
ITALY
SPAIN
릴
생말로
노르망디
브르타뉴
카르나크
지베르니
랭스
파리
맹시
일드프랑스
낭시
스트라스부르
상트르발 드
루아르
노앙
부르고뉴
본
알자스
푸아티에
일 드 레
일 돌레롱
보르도
미요
도르도뉴
아키텐
리옹
이죄
안시
샤모니몽블랑
론알프
비아리츠
바욘
바스크
미디피레네
알비
드롬
랑그도크
루시용
프로방스 알프
코트다쥐르
그라스
망통
에즈
니스
칸
앙티브
방돌
생트로페
생 오노레 섬
코르시카

FINLAND
SWEDEN
ESTONIA
RUSSIA
LATVIA
LITHUANIA
BELARUS
GER-
MANY
POLAND
CZECH
UKRAINE
SLOVAKIA
AUSTRIA
HUNGARY
SLOVENIA
ROMANIA
CROATIA

프랑스와 사랑에 빠지는
인문학 기행

·

멋과 문화의 북부

이 책은《프랑스와 사랑에 빠지는 여행법》의 개정판입니다.

프랑스와 사랑에 빠지는 인문학 기행

마르시아 드상티스 지음
노지양 옮김

멋과 문화의 북부

홍익출판사

CONTENTS

—

PART 2
세상에서 가장 따뜻한 크리스마스를 아세요?

PART 3
일생에 한 번은 알자스의 와인 길을 걸어라

PART 4
현재 주어진 것보다 다른 삶을 찾고 싶다면

PART 5

완전히 다른 차원의 여행을 경험하다

PROLOGUE

1954년에 개봉된 미국 영화 〈사브리나Sabrina〉는 부잣집의 자동차 운전기사의 딸 사브리나가 프랑스로 유학을 떠났다가 세련된 미인으로 변해서 돌아와 주인집 형제들과 벌이는 삼각관계를 그린 코미디 영화로 오드리 헵번, 험프리 보가트, 윌리엄 홀든 등 당대 최고 인기 배우들이 주연을 맡았다.

어느 늦은 밤, 그녀는 몽마르트르Montmartre 언덕에 있는 사크레쾨르 대성당Basilique du Sacré-Cœur이 내려다보이는 창가 앞 책상에 앉아 아버지에게 편지를 쓴다. 2년 만에 파리에 있는 요리학교를 졸업하고 귀국할 준비를 하는 그녀의 목소리가 화면 위에 겹친다.

"아빠, 저는 이곳에서 참 많은 것을 배웠답니다. 여기 와서 요리보다 훨씬 더 중요한 레시피를 배워가요. 파리에 와서 제가 어떻게 살아야 하는지를 비로소 깨달았거든요."

1979년 여름, 나는 남프랑스의 지중해 해안에 있는 코트다쥐르Côte d'Azur 지방을 거쳐 파리에 도착했다. 달리는 새벽기차 안에서 난생처음 지중해를 보았고, 살랑거리는 은빛 바다 위로 아침이 오는 풍경도 지켜보았다. 나는 그때 보았던 지중해의 아침 풍경을 내 인생 최고의 명장면으로 생생히 기억하고 있다.

그해에 나는 프랑스는 그저 나만의 이상향이 아니라 세상 모든 사람이 삶을 위로받기 위해 들러야 하는 곳이며, 나 자신에게서 도망치는 곳이면서도 다시 나 자신으로 돌아올 수 있는 곳이라는 사실을 깨달았다.

미국으로 돌아오고 나서, 나는 가능한 한 빨리 프랑스에 다시 가고 싶어 월급의 일부를 떼어 차곡차곡 모으기 시작했다. 단지 프랑스를 며칠 동안 여행하는 게 아니라 1년이고 2년이고 오래 머물면서 프랑스라는 나라를 내 심장 속에 완전히 새겨 넣고 싶었다. 사실 우리가 파리라는 도시에서 느낄 수 있는 이런 감정은 프랑스 어디를 가도 똑같이 느낄 수 있다. 프랑스는 언제 어디서든 팔을 벌려 우리를 맞아주기 때문이다.

프랑스에서 우리는 에펠탑의 강건하면서도 육감적인 모습을 사랑하게 되고, 베르사유 궁전을 비롯한 여러 궁전이나 고성에서 살았던 왕비와 아름다운 귀족 여인들의 이야기에 매료된다.

우리는 편리하고 안전한 파리 지하철에 정이 들기도 하고 프로방스Provence의 아몬드 향기를 흠뻑 마시며 그토록 풍요로운 여백에 마음 깊이 평화를 느끼기도 한다.

파리의 센 강변에 줄지어 늘어선 다리들의 자태를 넋을 놓고 바라보다 다리 중간쯤에 멈춰 서서 강을 오가는 유람선을 바라보는 것도 좋다. 알프스에서 불어오는 맑은 바람이나 대서양과 마주하는 해변에서 바라보는 밤의 별무리는 또 어떤가.

프랑스에서 우리는 느리게 사는 것의 소중함을 알게 되고, 그동안 잊고 살았던 많은 것을 되찾는 시간을 보내게 된다. 프랑스가 우리에게 주는 진정한 기쁨은 바로 느림의 미학, 그리고 진정한 나로 돌아가 삶의 의미를 깨닫는 것이다.

프랑스에 관한 책을 쓰면서 가장 중요하게 다루고 싶은 분야가 있었다. 바로 프랑스의 역사를 만든 여인 이야기다. 독자 여러분도 내가 이 책에서 다루는 많은 여인들에 대해 알게 되면 프랑스에 더 많은 애정을 느끼게 될 것이다. 이 여인들은 세계사 안에서도 중요한 거인들인데, 프랑스는 이들의 흔적을 생생히 되살려놓았다.

1979년의 첫 번째 프랑스 여행 이후, 나는 수없이 파리를 드나들었다. 그러다 뉴욕에 있는 ABC방송사의 뉴스 프로듀서 일을 그만두고 UN에서 주관하는 언론인 연수 프로그램에 지원하여 자격을 딴 다음, 1년 뒤 프랑스로 건너갔다. 나는 파리에서도 텔레비전 프로듀서로 일할 수 있었다.

그 뒤 조각가인 남편이 파리에 스튜디오를 얻어 활동하기 시작했고, 우리는 곧이어 파리에서 둘만의 생활에 들어갔다. 매일 매일기쁨이 충만한 나날이었다. 아침 출근길 지하철역으로 걸어가거나 저녁 무렵 마치 나를 위해 안개 속에서 포즈를 취한 듯한 에펠탑을 바라볼 때마다 나는 이렇게 중얼거리곤 했다.

"나는 파리에서 살아. 파리에서 산다니까."

우리 부부는 4년 후에 미국으로 돌아왔고, 그때부터 내내 후회막심이었다. 우리는 잠시 뉴욕에서 살다가 코네티컷 교외로 이사했는데, 파리를 호수 하나만 건너면 갈 수 있는 곳처럼 매우 가깝게 느끼며 살았다. 그만큼 파리는 우리 부부의 가슴에 잊을 수 없는 장소로 각인되어 있었다.

코네티컷에서 나는 프리랜서 작가로 활동하는 한편으로 근처 사립고등학교에서 프랑스어 교사로 일했다. 하지만 학교에서 건네준 틀에 박힌 프랑스어 교과서와 교사용 참고서를 던져버리고 싶었다. 학생들에게 프랑스에 대해 강렬하게 살아 숨 쉬는 무엇을 가르치고 싶은 마음뿐이었다.

나는 학생들에게 프랑스의 역사와 문화 그리고 예술이 담긴 책들을 건네주고 〈쉘부르의 우산Les Parapluies De Cherbourg〉이나 〈아멜리에Amélie〉 같은 영화를 보여주었다. 수업 시간에 마리 앙투아네트Marie Antoinette가 감옥에서 쓴 마지막 편지를 읽어주면서 학생들에게 언젠가 베르사유 궁전에 꼭 가서 그녀의 자취를 직접 느껴보라고 권하기도 했다.

해마다 4월이면 프랑스 작가 시도니 콜레트Sidonie Colette의 에세이를 읽으라는 숙제를 내주기도 하고, 샹송 가수 프랑수아즈 아르디Françoise Hardy의 노래를 다 같이 번역해보기도 했다.

하지만 학생들은 프랑스어 자격시험에 통과해서 대학에 들어가야 했기에 내 수업은 항상 얼마쯤에서 적당히 마무리되어야 했다. 그래도 나는 학생들에게 오드리 헵번과 내가 프랑스에서 어떤 삶을 살아야 하는지를 깨달은 것처럼, 너희도 프랑스가 선물하는 경험을 반드시 해보라고 말하곤 했다.

당신이 만약 어느 나라에서도 발견할 수 없는 프랑스만의 어떤 것을 아직 경험해보지 못했다면 더 늦기 전에 꼭 해보기를 바란다. 이 책이 당신을 프랑스로 이끄는 나침반이 되기를….

PART

1

가장 멋진 에펠탑을 볼 수 있는 8가지 방법

01 가장 멋진 에펠탑을 볼 수 있는 8가지 방법

▲ 에펠탑에서 내려다본 아래 풍경

에펠탑 위에서 커다란 지도처럼 짝 펼쳐져 보이는 파리

프랑스의 상징이자 파리의 심장과도 같은 에펠탑을 반드시 올라가야 하는 이유가 여러 가지 있다.

첫 번째는 겨울이면 에펠탑에 설치되는 스케이트장 때문이다. 한 번에 80명 정도까지 스케이트를 즐길 수 있는 이 아이스링크는 지상 57m 지점의 에펠탑 내부에 있으며, 2004년에 2012년 파리올림픽을 유치하기 위한 수단의 하나로 개장되었다(올림픽 유치는 실패했다).

구스타브 에펠Gustave Eiffel이 1889년에 세운 이 낭만적인 건축물의 한가운데 세밀한 격자무늬 철골 사이에서 스케이트를 탄다는 것은 우리가 상상할 수 있는 가장 신비로운 체험으로, 잠시 꿈을 꾼 것처럼 몽롱한 기분에 젖을지 모른다.

두 번째 이유는 귀여운 미니어처 잔에다 샴페인을 주는 3층의 작은 바 때문이다. 예전에 그곳에 친구를 데려가려고 했는데, 친구는 처음엔 그곳이 너무 관광지 같을 거라며 꺼려했다. 하지만 우리는 결국 파리를 발밑에 놓고 우정의 건배를 하며 즐거운 시간을 보내고 돌아왔고, 친구는 평생 잊을 수 없는 추억을 만들어줬다며 고마워했다.

에펠탑에 올라가야 하는 세 번째 이유는, 당연하지만 전망 때문이다. 다른 도시의 고층빌딩들은 높이가 비슷한 빌딩들에 에

워싸여 있지만 에펠탑은 파리의 유일한 거인이다. 에펠탑 꼭대기에서는 이 도시는 물론 그 너머 전망까지 360도로 감상할 수 있다. 거기서 보면 파리는 마치 하나의 커다란 지도처럼 쫙 펼쳐져 있다.

가장 확실한 이유가 또 하나 있다. 가까이서 보면, 이 철골 구조물의 섬세한 세공에 놀라게 된다. 1만 8,038개 철과 250만 개 고정대로 이루어진 이 건축물을 코앞에서 볼 수 있다니, 누구든 이 어마어마한 규모에 놀랄 마음의 준비부터 해야 할 것이다.

안에서 보는 에펠탑은 멀리서 볼 때보다 훨씬 규모가 크고 웅장하다. 대비 효과에 놀랄 준비도 해야 한다. 크기는 엄청나지만 그 뼈대는 매우 비현실적이고 몽환적일 만큼 섬세하기 때문이다.

에펠탑은 이제 모나리자처럼 티셔츠의 무늬나 팔찌에 걸리는 값싼 장신구처럼 되어버렸지만, 그럼에도 세계에서 가장 섹시한 빌딩이자 사진이 잘 받는 건물이라는 사실을 누구도 부인하지 못할 것이다. 잘못 나온 에펠탑 사진을 본 적이 있는가? 계절도, 날씨도 상관없고 하루의 어느 때라도 상관없다.

건축과 공학의 역사에서 에펠탑은 매우 중요한 역할을 한다. 에펠탑은 현대 철강의 시대의 가장 뚜렷한 업적이자, 철이라는 소재가 19세기 사회를 완전히 전환해버리는 우렁찬 신호였다.

에펠탑이 건축될 당시에 세계에서 유일한 마천루는 미국 시카고에 있는 루이 설리반 빌딩이었으나, 높이가 324m인 에펠탑은 그보다 정확히 8배가 높다. 자유여신상의 내부 프레임 또한 구스타브 에펠이 설계했지만 107m로 에펠탑의 3분의 1에 지나지 않는다.

1889년에는 300m보다 더 높거나 그에 가까운, 인간이 만든 건축물은 아예 존재하지도 않았다. 이 정도로 높은 곳에서 아래를 내려다보려면 열기구를 타고 올라가야만 하는 시절이었다.

파리에서 에펠탑을 가장 멋지게 볼 수 있는 곳 '베스트 8'

에펠탑은 1889년 세계만국박람회에 사용하려고 건축되었는데 원래는 20년 후 철거될 예정이었다. 하지만 20년이 지난 후 라디오 송신탑의 기능을 하게 되면서 살아남았다.

나는 에펠탑의 진정한 기능은 미적인 부분에 있다고 생각한다. 에펠탑의 목표는 파리의 아이콘, 아니 지구의 아이콘이 되는 게 아닐까? 아이콘으로서 에펠탑의 영향력은 조명, 불꽃 기능, 레이저 쇼 등 기술적 발전이 더해가면서 점점 커지고 있다.

에펠탑의 절대미를 느끼려고 반드시 이 탑의 배꼽으로 들어갈 필요는 없다. 어떻게 보면 탑에 올라야 할 이유처럼 올라가지 않을 이유도 있다. 고소공포증이 있을 수도 있고, 기다리는 줄이 길거나 무릎이 약하거나 불편한 신발을 신고 있을 수도 있다.

나에게는 오르지 않을 이유가 더 분명하다. 에펠탑 안에 있으면 전체 모습을 볼 수 없지 않은가. 파리에서 에펠탑은 위치 탐지기이자 세상을 보는 척도 구실을 한다. 아마 눈을 돌릴 때마다 에펠탑을 보게 될 텐데, 파리에 있는 이상 그걸 피할 수 없다. 신기한 일은 평생 파리에서 살아온 사람들도 절대로 에펠탑이 만들어내는 풍경에 질리지 않는다는 것이다.

당신도 나와 비슷하다면, 아마도 에펠탑을 믿음직한 친구나 비밀스러운 애인을 찾듯이 자꾸 찾게 될 테고, 일부러 길을 돌아가서라도 동경의 눈으로 에펠탑을 보게 될 것이다. 여기 가장 멋진 에펠탑을 볼 수 있는 명소 8곳을 소개한다.

첫 번째는 몽마르트 언덕이다. 파리는 평지가 주를 이루는 도시인데, 몽마르트르 언덕은 해발고도 130m에 있어 파리 시내의 전경을 내려다볼 수 있다. 여기서도 사크레쾨르 성당의 바실리카 끝까지 올라가라. 계단이 비좁고 구불구불해서 비가 오면 미끄럽지만, 이곳에 올라가면 에펠탑의 우람한 자태를 한눈에 볼 수 있다. 아침이면 특히 더 아름답다.

두 번째는 파리 20구에 있는 벨빌Belleville 공원이다. 시내에서 고도가 가장 높은 곳으로, 잔디밭이 소담하게 펼쳐진 시민공원이다. 이 부근의 앙비에쥬Envierges 거리에 있는 오파리O'Paris 레스토랑 야외 테라스는 탁 트인 전망 덕분에 에펠탑을 그 모습 그대로 볼 수 있다.

세 번째는 파리 16구 카모엥Camoens 거리 초입으로 향하라. 아름다운 석조 계단으로 올라가는 길이 나온다. 이 계단을 따라 정상까지 올라가면 아파트 사이로 장엄한 에펠탑이 보인다.

네 번째는 파리 16구 팔레 드 도쿄Musée Palais de Tokyo 옆에 있는 야외 카페다. 커피도 맛있고 에펠탑도 볼 수 있는 전망대 노릇을 한다. 하지만 비 오는 아침에 여기서 보는 에펠탑은 안개 속에서 조금 어둡고 외로워 보이기도 한다. 팔레 드 도쿄는 1937년 파리 국제박람회 때 일본관이었던 건축물을 미술관으로 사용하는 것이다.

다섯 번째는 센 강을 사이에 두고 에펠탑을 마주하고 있는 트로카데로Trocadéro 광장이다. 파리지앵들은 한겨울이 되면 광장 근처에서 스케이트를 탄다. 이때 강 건너로 커다란 크리스마스트리가 된 에펠탑이 겨울밤의 파리를 환히 비추는 장관을 볼 수 있다.

여섯 번째는 2006년 문을 열자마자 파리에서 가장 각광받는 관광명소가 된 케브랑리국립박물관Musée du Quai Branly의 꼭대기에 있는 레스토랑 레 종브르Les Ombres이다. 여기서 보면 에펠탑이 손에 잡힐 듯 가까이 있다. 가격이 좀 비싼 편이지만 잊을 수 없는 경험을 선물한다. 케브랑리국립박물관은 아프리카, 아시아, 오세아니아의 문화를 소개하는 곳으로 프랑스 현대건축을 대표하는 국민 건축가 장 누벨Jean Nouvel이 설계했다.

일곱 번째는 파리 18구 조제프 드 메스트르Joseph de Maistre 거리에 있는 테라스 호텔의 레스토랑 'The 7th'이다. 시크한 야외 테라스를 4월부터 9월 말까지 공개한다. 봄날 밤에 여기서 보는 에펠탑은 마치 파리라는 평원에 혼자 이글거리며 타고 있는 것 같다.

여덟 번째는 팡테옹Panthéon이다. 팡테옹은 프랑스를 빛낸 역사적 인물들을 기리기 위해 지은 그리스 양식의 건축물이다. 돔 밑에 있는 돌기둥까지, 좀 어지럽지만 가이드를 따라 206계단을 걸어서 올라가보라. 과거에 교회였던 이곳은 파리에서 가장 고지대에 있어 에펠탑이 완벽한 모습으로 눈앞에 나타난다. 단, 따뜻한 계절에만 개방한다.

▲ 몽마르트 언덕에서 바라본 파리의 전경(상)
에펠탑 아래에서 정상을 바라본 모습(좌) 석양빛에 비친 에펠탑의 실루엣(중)
늘 사람이 붐비는 마르스 광장(좌) 파리의 골목길에서 보이는 에펠탑의 웅장한 모습(우)

02 어마어마한 베르사유 똑똑하게 관람하기

▲ 바로크 건축의 아름다움이 집약된 베르사유 궁전 입구

마리 앙투아네트의 전설이 살아 있는 호화로운 별세계

바스티유 감옥이 함락된 지 3개월이 지났을 때인 1789년 10월 5일, 파리의 전통시장에 모여 있던 여인들 한 무리가 분노에 휩싸였다. 저녁 식탁에 올릴 빵이 없었던 것이다. 파리의 모든 시장에서 빵은 턱없이 부족했고, 있다 해도 서민들로서는 도저히 사먹을 수 없을 만큼 비쌌다.

주부들이 거리를 점령했다. 얼마 안 가 6,000명이 넘는 여인이 결집했고, 그 숫자는 기하급수적으로 늘어났다. 격분한 여인들은 손에 잡히는 것들로 닥치는 대로 무기를 만들었다. 여인들은 쇠스랑, 창, 쇠 지렛대, 부엌칼을 들고 쏟아지는 비를 맞으며 20km를 걸어 일드프랑스Ile-de-France에 있는 베르사유 궁전에 도착했다.

베르사유 지역은 원래 파리 북부에 있는 시골마을에 불과했고, 이곳에 세워진 베르사유 궁전은 왕이 사냥할 때 잠시 머무는 여름 별장이었다. 그러다 1682년 루이 14세가 파리를 떠나 아예 이곳으로 거처를 옮겼고, 이후 100년 넘게 '앙시앵 레짐ancien régime'이라 불리는 구체제시기에 권력의 중심지가 되었다.

10월 6일 새벽 1시 30분, 여인들은 궁전의 정문을 밀고 들어가며 빵을 달라고 외쳤다. 여인들은 거기서 경비원을 두 명 죽이고, 루이 16세의 아내인 마리 앙투아네트의 침실까지 거침없이 쳐들어갔다. 하지만 그녀는 이미 몇 분 전에 비밀통로로 궁전을 빠져나간 뒤였다.

베르사유 궁전은 한 세기 넘게 프랑스 절대 왕정의 상징으로 군림해왔다. 그런데 한낱 일반 시민들에게 철저히 짓밟히다니, 이 사건은 구체제의 종말을 알리는 신호탄으로 기록될 만큼 충격적인 일이었다. 그날 오후 루이 16세는 마리 앙투아네트와 그때까지 살아 있던 아이 둘을 데리고 베르사유 궁전 정문을 몰래 빠져나와 파리로 도망쳤다. 그들은 그 이후 다시는 그곳에 돌아오지 못했다.

열네 살 어린 신부였다가, 짧은 생애 동안 단 하루도 호화로운 파티를 멈추지 않았던 파티 걸이었다가, 헌신적인 어머니였다가, 마지막에는 의지가 단호한 군주이기도 했던 마리 앙투아네트 왕비가 또 다른 권력에 의해서가 아니라 시민들, 평범하기 짝이 없는 여인네들 손에 권좌에서 끌어내려진 것이다.

마리 앙투아네트는 시민들의 절박함을 이해하지 못했다. 자신을 대중 사이에서 아이들을 사랑으로 품는 인자한 어머니, 한 발 더 나아가 프랑스의 어머니라는 이미지를 만들려고 끈질기게 노력해왔지만 국민을 위한 어머니다운 세심한 배려나 사랑은 별로 없었다.

군주제가 끝나갈 무렵 그녀는 최악의 뻔뻔한 인간으로 매도되었고 그녀의 이미지는 구렁텅이에 빠져 도저히 헤어나올 수 없는 지경이 되었다. 프랑스인은 그녀의 피를 원했고, 결국 뜻한 바를 이루어냈다.

그런데도 마리 앙투아네트는 오늘날까지 매혹과 미스터리 속에 관심의 대상이 되고 있고, 어쩌면 앞으로도 영원히 그럴 것이다. 마리 앙투아네트는 베르사유 궁전에서 살았던 많은 왕비와 왕의 연인들 중 한 사람일 뿐이지만, 그곳을 방문하는 사람이라면 누구나 궁전 구석구석을 두리번거리면서 그녀가 남긴 흔적을 찾게 된다. 그만큼 그녀가 베르사유 궁전에, 나아가 프랑스 역사에 남긴 그림자가 짙다는 뜻이다.

베르사유 궁전은 바로크 건축의 대표적 작품으로 호화의 극치를 이루는 건물, 광대하고 아름다운 정원, 화려한 분수, 한 번에 2만 명을 수용할 수 있는 정원 등 엄청난 규모를 자랑한다. 조경업계의 신이라고 불리던 앙드레 르 노트르André Le Notre가 설계한 정원은 오늘날까지 최고의 걸작이라는 평가를 받는다.

우리는 베르사유 궁전에 들어선 순간 모순으로 가득 찼던 마리 앙투아네트의 짧지만 격렬했던 생애에 빠져든다. 오스트리아 여왕 마리아 테레지아Maria Theresia의 막내딸로 태어난 그녀는 어려서부터 너무도 아름다워서 작은 요정이라 불렸다.

베르사유 궁전 안에는 그녀가 현실의 삶에서 도피처이자 은신처로 삼았던 영지가 있다. 철없는 왕비는 궁정생활이 심심하다는 이유로 오스트리아식 초가집이 늘어선 촌락을 지은 후 시골 아낙네 놀이를 하거나 농장의 동물들과 뛰어놀았다고 한다.

그러나 프랑스혁명이 본격적으로 전개되자 파리의 왕궁으로 연행된 마리 앙투아네트는 시민의 감시 아래 근근이 목숨을 부지하다가 국고를 낭비한 죄와 반혁명을 시도한 죄로 서른여덟 살 생일을 2주일 앞두고 단두대에 오르고 말았다.

지혜롭고 우아한, 속전속결 베르사유 관람법

베르사유 궁전의 정원에 별궁 '프티 트리아농Petit Trianon'이라는 곳이 있다. 이 건물은 원래 루이 15세의 애첩이었던 마담 드 퐁파두르Madame de Pompadour를 위해 특별히 지었는데, 그녀가 죽은 후 완성되는 바람에 정작 그녀는 한 번도 사용해보지 못했다.

마리 앙투아네트는 신고전주의 양식의 이 별궁에 영국식으로 개조한 정원과 오스트리아의 농촌과 비슷한 작은 마을을 마련해놓고 심심할 때마다 사람들을 불러 파티나 가면무도회를 열면서 베르사유 궁전을 바라보곤 했다.

프티 트리아농의 응접실에는 18세기의 유명한 화가 엘리자베스 비제 르 브룅Élisabeth Vigée Le Brun이 그린 마리 앙투아네트의 초상화가 걸려 있다. 1773년에 그린 이 작품에서 마리 앙투아네트는 비교적 수수한 드레스를 입고 분홍색 장미를 들고 있

▲ 프티 트리아농(상)
엘리자베스 비제 르 브룅이 그린 <마리 앙투아네트와 자녀들, 1787>(하)

다. 모슬린 드레스를 입고 밀짚모자를 쓰고 있는 모습이 무척 단아해 보이고, 왕실의 거추장스러운 인공미가 아닌 산뜻함과 단순함이 돋보인다.

한편 베르사유 궁전에서 공식 만찬이 있을 때 대기실이나 보조 식당으로 사용되던 '그랑 쿠베르Grand Couvert'에 전시된 1787년의 초상화에서는 그녀가 세 아이와 함께 자애로운 어머니 모습으로 앉아 있다.

이 그림에서 일곱 살의 장남 루이 요제프는 이 초상화를 그리던 중에 돌도 채 되지 않은 나이에 죽은 여동생 소피를 기억하기 위해 만든 텅 빈 요람을 손가락으로 가리키고 있다. 이 아이 또한 2년 후 폐결핵으로 사망하는데, 이런 일련의 비극적인 사건이 일어난 뒤 마리 앙투아네트의 정신은 급격히 무너지고 말았다고 한다.

베르사유 궁전의 호화로움은 상상을 초월한다. 처음 나는 '거울의 방Galeries des Glaces'에 들어갔다가 어지러워 주저앉을 뻔했다. 전체 길이가 73m이고 높이는 13m인 이 방은 정원을 향하는 벽과 반대편 벽에 거울이 똑같이 17개 배열되어 있다.

궁전 중앙 본관의 2층 전체를 차지하는 이 방에서 북쪽으로는 '전쟁의 방', 남쪽으로는 '평화의 방'이 자리 잡고 있다. 이 방은 왕족의 결혼식, 외국 사신의 접견 등을 행하는 가장 중요한 의식 공간이었는데 압도적인 거대함보다는 거울 중심의 화려한

▲ 호화로움의 극치를 보여주는 거울의 방(상)
베르사유 궁전의 정원(하)

장식이 더 큰 볼거리다.

베르사유 궁전은 전체 부지가 엄청나다. 궁전의 규모도 우리의 이해 수준을 넘어서는데, 방이 700개, 계단이 67개, 창문이 2,143개 있다. 정원과 뜰은 8,300km²에 달하고 나무 20만 그루가 정원을 채웠으며 그 안에 호수 역할을 하는 큰 운하가 있다.

이런 어마어마한 규모 앞에서 관광객은 금세 압도당하고 만다. 게다가 프랑스를 찾는 여행자라면 누구나 의무적으로 들르는 곳이다 보니 매일 거대한 인파가 몰려든다. 외국인들은 파리에 온 이상 에펠탑과 베르사유 궁전은 꼭 봐야 한다며 기어코 찾아온다.

결론부터 말하면 베르사유 궁전의 문들은 관광객이 하루에 2만 명 출입할 수 있도록 만들어지지 않았다. 그래서 나는 어차피 베르사유 궁전에 가야 하는 당신이 그나마 맑은 정신을 유지할 수 있는 두 가지 방법을 소개하려 한다.

여행사나 가이드 없이 따로 간다면, 여행 작가 헤더 스팀러 홀Heather Stimmler Hall이 쓴 전자책《베르사유 궁전의 비밀: 관광객으로 살아남기 가이드Secrets of Versailles: A Visitors Survival Guide》를 추천한다. 전체가 16쪽인 이 책자에는 여러 단계의 입장권 가격부터 프티 트리아농까지 가는 지름길과 적당한 방문시간대까지, 흔히 나오는 질문에 대한 답이 모두 들어 있다.

똑똑한 베르사유 궁전 관람법이 하나 더 있다. 3월부터 11월

중순까지 자전거를 타고 한 바퀴 돌아보는 것이다. '바이크 어바웃 투어Bike About Tour'에 예약하면 파리에서 기차를 탈 때부터 베르사유에 도착해서 바구니가 달린 3단 기어 자전거를 받을 때까지 하나하나 꼼꼼하게 챙겨준다.

근처 시장이나 마트에서 먹을거리를 적당히 산 뒤, 곧바로 베르사유의 정원까지 자전거로 달려가 프티 트리아농과 왕비의 촌락으로 직진한 다음, 호수와 분수를 한 바퀴 돈다. 마지막으로 궁전 내부를 구경한 다음 파리행 저녁 기차를 타면 된다.

이렇게 하면 그날 밤에는 약간의 운동으로 건강해진 기분이 들면서 진짜 살아 있는 공간들을 속속들이 체험했다는 만족감에 뿌듯해진다. 이런 방식이 이상적인 이유는 같은 시공간에 있는 수천 명과 조금은 떨어져서 나만의 여유를 확보할 수 있기 때문이다.

여기서 우리는 우아하고 화려한 왕비에서 최악의 죄인으로 전락했던 한 여인을 떠올려본다. 동정과 연민부터 비난과 경멸까지 수많은 감정이 스쳐 지나가겠지만, 그 안에 부러움은 없을 것이다. 우리는 하루를 무사히 마치고 가볍게 자전거에 올라타 행복한 기분으로 숙소로 돌아갈 수 있으니까. 수천 켤레 신발과 수백 개 다이아몬드를 가졌지만, 단 한 번도 자유로운 적이 없었던 마리 앙투아네트와는 다르니까.

03 바닷물 스파, 샤토브리앙, 그리고 장 폴 사르트르

▲ 포르 나시오날이 보이는 생말로의 바다를 즐기고 있는 사람들

생말로의 바닷물에 몸을 담그며 느낀 것들

바닷물로 병을 치료하는 해수요법은 그 역사가 로마시대까지 거슬러 올라간다. 로마에서는 류머티스나 결핵 같은 질병에 걸린 사람에게 뜨거운 소금물 목욕을 처방하곤 했다.

프랑스 서부에 유럽에서 최대의 해안 사구가 있는 아르카숑Arcachon이라는 도시가 있다. 이곳은 오른편에 대서양이 광대하게 펼쳐지고, 왼편에 울창한 수목이 장관을 이루는 휴양도시다.

1865년에 여기서 활동하던 라 보나디에르La Bonnardière라는 의사가 바닷물에 임상 효능이 있다는 걸 알아내고는 '탈라소테라피Thalassotherapy'라는 해수요법을 발표했다. 그리스어로 바다를 뜻하는 '탈라사thalassa'와 치유를 의미하는 '테라페이아therapeia'를 합친 말인데, 보나디에르는 질병 치료에 바다라는 환경 자체가 도움이 된다면서 소금물, 해초, 모래, 해변의 날씨 등이 결합해서 치료 효과를 높인다고 주장했다.

최근 들어 해수요법은 단순히 의학적인 이유나 혈액순환, 나아가 독소 배출이나 근육 이완만을 위해 사용하지는 않는다. 이것들의 효능은 모두 충분히 증명되어 있기에, 가령 나 같은 경우에는 악마 같은 스트레스를 처치하기 위해, 또는 상처와 고통 밑에 도사리고 있는 야수를 진정시키기 위해 해수요법을 경험하러 간다.

해수요법을 통한 스파는 남프랑스의 휴양도시 비아리츠Biarritz에서 시작해서 프랑스 서부의 라 불La Baule을 돌아 북쪽 끝 해안까지 여러 곳에 자리 잡고 있다. 그중 사람들이 가장 많이 찾는 곳은 생말로Saint-Malo에 있는 레 테르메Les Termes라는 리조트다.

레 테르메는 마치 바다 위에 떠 있는 듯한 곳으로, 벨 에포크 시대부터 이곳 사람들의 사랑을 받아왔다. 반드시 호텔에 숙박하지 않아도 이곳을 이용할 수 있지만 나는 깨끗한 가운을 입고 슬리퍼를 신은 채 엘리베이터를 타고 곧바로 스파로 내려가는 게 너무 좋아서 기꺼이 1박을 했다.

나에겐 시간이 많지 않아 패키지상품이 아닌 개별상품을 골랐다. 상품 중에는 아기를 전문 보육사가 있는 탁아시설에 맡기고, 그 시간에 엄마가 해수치료를 받을 수 있는 프로그램도 있다.

나는 그곳에 상주하는 해수요법 전문가와 따로 상담은 하지 않겠다고 했다. 그저 어서 빨리 해수가 만들어내는 마법을 눈으로 보고 몸으로 느끼고 싶어서였다. 여기서는 만에서 물을 직접 끌어와서 스파에 넣고 끓이는데, 단지 그것뿐 다른 어떤 과정도 거치지 않는다고 한다. 생말로 해안의 바닷물에는 2,500여 종의 해조류가 있어 이런 것들이 몸을 치유하는 역할을 하는 것이다.

이 과정을 거치면 피부는 바다의 향이 나면서 놀랄 만큼 부드럽고 매끄러워진다. 나는 염분이 많은 수증기가 가득한 사우나방이 좋았고, 100개 구멍에서 물이 나와 등과 발바닥을 마사지

해주는 수영장도 마음에 들었다.

뭐니 뭐니 해도 스파의 백미는 라벤더와 민트오일 향을 넣은 따뜻한 바닷물로 채워진 욕조에 몸을 담그고 있다가 몸에서 가장 피곤하거나 불편한 부분에 더 따뜻한 물을 뿌려주는 시간이다. 이곳에는 총 80개 방이 있는데, 개인치료사가 하나부터 열까지 꼼꼼하고 친절하게 챙겨준다.

벽에 걸린 건강식사법 포스터가 눈길을 끌었다. 건강을 위해서는 붉은색 육류보다 하루에 와인 한두 잔과 패스트리를 먹는 게 좋다는 글이 그림과 함께 소개되어 있었다. 패스트리는 밀가루에 유지와 물을 섞어 반죽한 다음 불에 구운 과자나 빵으로 유럽인들이 즐겨 먹는다.

영국해협에 남아 있는 전설 같은 해적 이야기

생말로는 최근에는 이렇게 해수요법으로 각광받고 있지만, 예전에는 해적들에 관한 전설 같은 이야기로 프랑스 사람들의 입에 많이 오르내렸다. 해적들은 17세기부터 이 지역을 무대로 겉으로는 프랑스의 왕을 위한다는 명목으로 영국해협을 무대로 해서 노략질을 일삼았고, 그 와중에 엄청난 부를 쌓아 도시 외곽에 고급스러운 저택들을 수없이 지었다.

그러자니 생말로는 자연스럽게 외지의 또 다른 해적들에게 노략질의 목표물이 되고 말았다. 이에 생말로 해적들은 침략자들을 방어하기 위해 육중한 성벽을 쌓고 도시 자체를 요새로 만들어버렸다. 바로 그 때문에 오늘날 생말로는 굉장히 큰 모래성으로 보이는데, 이 또한 이 도시의 볼거리 중 하나가 되었다.

이튿날 아침 일찍 생말로 해변을 산책했다. 모래사장을 한참 걸으니 저만치 바다 속에 섬처럼 우뚝 서 있는 포르 나시오날Fort National이 보였다. 썰물 때면 걸어서 들어갈 수 있는 그곳은, 1689년 루이 14세가 국가로부터 특별 허가를 받아 개인이 무장시킨 사나포선privateer의 선원들을 보호하고자 지은 요새다.

그곳까지 걸어 들어가니 바로 옆에 물이 빠질 때만 가는 썰물섬인 그랑 베Grand Be가 있었다. 이 섬은 보통 거친 파도 속에 모습을 감추고 있다가 썰물 때만 살짝 얼굴을 드러낸다고 한다. 또 낭만주의 문학의 선구자이자 외교관으로 생말로 태생인 프랑수아 샤토브리앙Françoise Chateaubriand의 무덤이 안치되어 있는 곳으로도 유명하다.

나는 샤토브리앙이 잠들어 있는 곳이 그가 생전에 누렸던 명성에 비해 너무 소박하다고 생각했는데, 실존주의 철학자 장 폴 사르트르도 그렇게 생각했던 모양이다. 사르트르와 계약결혼을 했던 시몬 드 보부아르는 자서전《내 삶의 전성기》에 사르트르와 둘이서 생말로를 찾았던 장면을 담았다. 사르트르는 샤토브리앙 묘지에서 보이는 겸허함이 대단히 고차원적인 허세로 여겨진다고 생각했다. 그녀의 자서전엔 이런 글이 나온다.

"그래서 사르트르는 경멸감을 나타내기 위해 이곳에 오줌을 누었다."

생말로의 화강암 성채 안은 좁다란 골목길과 작고 예쁜 가게들이 뒤섞여 있고, 유명한 해적 자크 카르티에Jacques Cartier의 이름을 딴 거리에는 전부 다 맛이 있어 보여 고르기가 힘든 크레페 가게들이 길게 늘어서 있다. 성채 꼭대기까지 올라가면 이 모든 풍경과 함께 영국해협을 내려다볼 수 있다.

아름다운 생말로의 아침 풍경에 감탄하면서 도시를 둘러보니 나처럼 일찍부터 산책하는 사람들이 무척 많았다. 그들 속에 나처럼 생말로에 처음 온 여행자가 있다면, 이 도시가 나에게 주는 안온함을 생각하면서 나와 똑같은 물음표를 던지지 않을까? '왜 진작 생말로에서 살아볼 생각을 하지 않았을까' 하고 말이다.

04 오직 여기서만 가능한 서쪽 프랑스 등대 투어

▲ 강력한 빛으로 64km 앞까지 밝혀주는 크레악 등대(상)
바다에서 불쑥 솟아오른 것 같은 비에이유 등대(좌)
1692년 건설되어 지금도 작동되는 생 마티유 등대(우)

프랑스 서쪽의 험한 바다를 지키는 등대 29개

삶은 냉혹하다. 저기 서 있는 등대들에 물어보자. 우리가 그들이 갖고 있는 끈기와 인내심의 아주 작은 조각이라도 갖고 태어났더라면 한때의 불운이나 곤경에 쉽게 흔들리지는 않을 것이다.

등대라는 이름의 저 영구불변한 존재들은 지구상에서 가장 훌륭한 인간들과 같거나 오히려 더 상급이다. 등대는 꿋꿋하고 의연하게 자기 자리에 서서 수시로 닥치는 역경과 수모를 참아내고 전날 밤에 무슨 일이 일어났다 해도 한결같은 얼굴로 다음 날 아침을 맞는다.

그러면서 등대는 사람들에게 편안함을 제공한다. 성난 바다 앞에서 등대는 암흑이나 안개 속의 등불이 되어 우리에게 걱정하지 말라며 안심시킨다. 우리는 그런 등대로부터 삶에 필요한 수십 가지 덕목을 배울 수 있다. 인내심과 의지력과 일관성을 배우고, 어떻게 버텨야 하는지를 배운다. 매일 아침 낙관주의와 목적의식으로 하루를 맞지 않는 것이 얼마나 큰 인생 낭비인지도 배운다.

등대는 사람들로 하여금 위험을 감수하게 하고 용감하게 육지를 떠나 바다로 나서게 했으며, 그러한 행동의 결과로 지구를 더 작게 만들었다. 그렇다. 나는 지금 '등대 예찬론'을 펼치고 있다. 그러니 내가 하나만이 아니라 수많은 등대가 길게 늘어서서 마치 경계 태세를 취하는 경비병들처럼 바다를 지키는 장면을 보고 얼마나 감동에 빠졌을지 충분히 짐작할 수 있을 것이다.

프랑스 최서단에 붙은 브르타뉴 지방의 피니스테르 해변과 그 앞의 크고 작은 돌섬들 사이에는 총 29개 등대가 점점이 늘어서 있다. 프랑스어로 '파르phares'라 부르는 이 등대들 중 많은 것이 아직 작동 중이지만, 어느 것은 휴면 상태이고 어떤 것들은 세월의 풍파에 굴복하거나 GPS 때문에 쓸모를 잃어버렸다.

그중 몇 개 등대는 누구나 직접 올라가볼 수 있다. 물론 모든 계절에 가능한 것은 아니다. 무릎이 다소 아플 수도 있지만 허벅지 근육도 단련되고 마음도 한없이 맑아지니 당신 영혼에 아주 유익할 것이라 믿는다.

지도에서 보면 피니스테르 해변은 용의 머리처럼 툭 튀어나와 있고, 크게 벌린 입으로 불을 뿜는 것 같다. 더구나 이곳의 해변은 프랑스에서 가장 드라마틱한 풍경을 자아낸다. 가파른 절벽, 모래사장, 언덕, 작은 만, 거친 섬, 화강암 노두 등이 모두 한 자리에 모여 있다.

'노두outcrop'란 암석이나 지층이 흙이나 식물로 덮여 있지 않고 지표면에 직접 드러난 곳을 말하는데, 피니스테르 해변의 경우 바람과 물에 풍화된 모양이 그 자체만으로도 찬탄을 불러일으킬 만큼 환상적이다.

여기는 영국해협과 대서양이 만나는 곳으로 세계에서도 가장 강력한 파도와 험악한 날씨를 빚어내는데, 특히 대서양 유역에 속하는 쪽은 모든 조건이 험악하기로 유명하다. 등대들은 수백 년 동안 이 넓은 바다를 지켜보면서, 그곳을 헤쳐나가다 파도나 안개에 발이 묶인 선박과 뱃사람들을 지켰다. 그 와중에 등대들은 수많은 난파를 목격했고, 그 이상의 난파를 막아냈다.

그들 중에도 생 마티유Saint Mathieu 등대는 1692년 건설되어 지금까지 온전히 작동하며 버티고 있다. 1835년 거기서 조금 떨어진 곳에 37m 높이의 붉은색, 흰색, 회색이 칠해진 탑이 세워져 경호원 역할을 한다.

생 마티유 등대는 18m 높이의 절벽 끝에 있는, 16세기 베네딕트 수도원의 남은 터에 세워져 있어 더욱 웅장해 보인다. 이 등대의 163계단을 끝까지 걸어 올라가면 눈앞에 아무것도 가로막지 않는 광활한 바다 풍경이 펼쳐진다. 삐쭉삐쭉한 갑과 파도치는 바다가 보이고, 멀리 또는 가까이 크고 작은 섬들이 보인다. 거침없이 부는 바람과 험상궂게 출렁이는 파도를 보며 누구나 삶을 진지하게 생각하게 된다.

케모르방Kermorvan 등대는 접근 금지다. 여기는 사각형의 집처럼 생긴 타워로 자연보호 구역의 해안에 장엄한 자태로 서 있다. 이 등대는 올라가볼 수는 없지만 그것의 육지 파트너인 트레지앙 등대는 올라갈 수 있다. 좁은 182계단을 올라가면 어지러워 잠깐 현기증이 나기도 한다. 이 등대들은 서로 협력하여

이로이즈Iroise 해와 영국해협을 연결하는 바다를 안전하게 지켜준다.

우리도 등대처럼 자기 자리를 지키며 살 수 있다면

프랑스 최서단에 있는 섬들로 가려면 르 콩케Le Conquet라는 항구에서 페리를 타야 하는데, 여기서 서쪽 바다 가장 끝에 있는 웨쌍Ouessant 섬까지 가는 데는 75분이 걸린다. 망설여질 수도 있지만, 거기 가서 르 스티프Le Stiff 등대를 본다는 것만으로 후회할 일은 없다.

웨쌍의 북동쪽 끝 깎아지른 절벽에 위치한, 몸통 두 개로 세워진 32m짜리 등대는 루이 14세 시대에 처음 가동되었다. 그때가 1699년이니 무려 310년 이상의 세월을 버티고 있는 것이다. 이 등대의 104계단을 올라가면 섬의 전경이 눈앞에 펼쳐진다. 섬에서 자라는 작고 털이 수북한 토종 양 떼가 한가로이 풀을 뜯고 있는 모습이 보인다.

웨쌍 섬에는 55m 높이의 크레악Créac'h 등대도 있다. 관광객은 입장 금지지만 여기 등대들 중 계단이 가장 예쁘다고 한다. 크레악 등대는 세계에서 가장 강력한 빛을 뿌리는 곳으로 멀게는 64km까지 비추어 이곳이 영국해협의 입구임을 알려준다.

그 옆에 있는 케레옹Kéréon 등대도 리모델링을 끝내고 가동을 재개할 예정이라고 한다. 이 등대는 내부가 상아와 마호가니 바닥, 그리고 헝가리 오크 패널로 장식되어 '궁전 등대'로도 불린다. 거친 프롬뵈르 해협과 웨쌍 섬 남동쪽의 위험한 암초들 사이에 서 있는데 지금은 오랜 세월 풍파와 습기에 맞서왔기 때문에 많이 훼손된 상태다.

르 푸르Le Four 등대는 해안에서 4km 정도 떨어져 서 있는 또 하나의 으스스한 건물로, 해안을 향해 달려드는 험악한 파도에 닳고 닳은 화강암 위에 세워져 있어 등대지기들에게는 '지옥'으로 불린다. 그 옆에 서 있는 비에이유 등대Phare de la Vielle는 1882년에 세워진 것으로 이들 모두 바다에서 불쑥 솟아오른 것처럼 보인다.

비에르즈 섬에 있는 등대는 세계에서 가장 높은 곳에 있는 것으로 끝까지 올라가려면 적지 않은 체력과 용기가 필요하다. 82m 높이까지 아찔한 397개 나선형 계단을 바람에 맞서며 올라가야 한다. 이 섬에 가려면 영국해협의 화강암 어귀인 아베르락의 작은 항구 마을 플라우게르노에서 배를 타야 한다.

거기서 약간 동쪽에 있는 로스코프라는 사랑스러운 마을에서 페리를 타고 가면 일 드 바츠 섬이 있다. 여기는 새, 나비, 조랑말, 석조 교회가 있고 수국이 만발한 이국적인 정원으로 유명한 그림 같은 섬이다. 이 섬의 등대는 1836년 이곳 화강암을 재료

▲ 케모르방 등대로 가는 길(상)
크레악 등대 전경(하)

로 하여 지어졌다. 꼭대기까지 198계단을 올라가면 광활한 바다 전망이 펼쳐진다.

마지막으로 좀 떨어져 있지만 절대 놓칠 수 없는, 피니스테르 해변의 남쪽에서도 가장 아래인 푸앙테 드 팡마치에 있는 에크뮐 등대Phare d'Eckmühl를 소개하려고 한다. 작은 이웃 등대 두 개를 내려다보고 있는 이 등대는 나폴레옹 시대에 훈장을 받은 집행관의 딸이 부탁해서 전쟁에서 목숨을 잃은 병사들을 위해 지었다고 한다.

유백색 벽에는 272개 나선형 계단이 있고, 꼭대기까지 올라가면 우아한 목조 패널이 입혀진 회색 대리석 천장의 방에서 집행관의 흉상을 볼 수 있다. 전망은 말로 표현하기 힘들 정도다. 멀리 만과 들쑥날쑥한 해변이 아스라이 보이는 곳에 서 있으면 소금기 가득한 바람마저 달콤하게 느껴진다.

거친 바람이 불어오는 높은 전망대에서 바다를 내려다보는 것은 육지에서 보는 것과는 아주 다르다. 바로 이곳에서 나가는 빛이 바다를 비추었고, 배가 안전하게 지나가도록 도와주었다. 우리 또한 그렇게 참고 견디며 지치지 않고 강건하게 자기 자리를 지키며 살아야 하지 않을까 생각했다.

바스 노르망디

05 천사는 거기에 바위섬을 만들라 명령했다

▲ 인간의 손으로 지은 고딕 양식의 걸작, 몽생미셸

프랑스에서 가장 아름다운 전망이 펼쳐지는 곳

몽생미셸은 마치 군주가 왕좌에 앉아 있는 것처럼 바위섬 위에 잔뜩 무게를 잡고 앉아 있다. 매우 거만하면서도 냉담하지만 거부할 수 없는 위엄이 있어서 누구라도 그 앞에 서면 두 손을 모으고 애원이나 간청이라도 해야 할 것만 같다.

때로는 햇살 안에서 둥둥 떠 있는 것처럼 보이고, 때로는 바다에서 솟아오르는 듯 보이지만 그 어떤 모습이건 몽생미셸은 우리 안에 공존하는 강건함과 나약함이 일으키는 긴장이라는 맥락에서 볼 수밖에 없다.

가톨릭교도들은 오로지 종교적 신념의 힘으로 조수간만의 차이가 심한 성난 바다 위 가파른 석회암 위에 자신들이 축적해온 모든 석공 기술과 수학과 공학을 집약적으로 활용해서 대성당을 짓겠다고 계획했다. 10세기 말의 일이다.

몽생미셸은 노르망디 반도로 더 많이 알려진 프랑스 북서부 코탕탱Cotentin 반도의 남쪽 생말로 만에 있다. 이곳에 수많은 장벽을 이겨내고 프랑스를 대표하는 가톨릭 성전 중 하나가 지어진 연유는 대천사 미카엘이 이곳 바위산 꼭대기에 성당을 지으라고 명했기 때문이라고 한다.

10세기 말에 미카엘을 모신 작은 예배당을 바위산 서쪽에 있는 지하 예배당으로 개축했다. 11세기에는 남쪽의 지하 예배당과 양초성모상이 있는 북쪽의 지하 예배당과 큰 기둥이 있는 동쪽 예배당을 만들어 바위산 꼭대기의 높이를 조정하고 그 위 종탑 꼭대기에 미카엘상을 모신 성당을 지었다.

1211년에는 고딕 양식의 3층 건물인 라 메르베유La Merveille를 건설했다. 1층은 창고와 순례자들의 숙소, 2층은 기사의 방과 귀족들의 방, 3층은 수사들의 대식당과 회랑으로 사용되는 방이 배치되었다. 이 건축물에서 두 겹의 아케이드가 줄지어 있는 화려한 회랑은 고딕 양식의 최고 걸작으로 꼽힌다. 그런가 하면 이 건축물은 백년전쟁이 일어난 14세기에는 방어용 벽과 탑을 쌓아 요새로 활용되기도 했다.

이 수도원이 희부연 안개가 피어오르는 바닷가의 만에 자리 잡지 않았다면 그저 프랑스 어디에서든 만날 수 있는 고풍스러운 유적의 하나에 불과했을 것이다. 하지만 바다의 거침없는 힘과 그에 저항하는 이 건축물의 상관관계는 처음부터 불가사의한 전설을 잉태하기에 충분했다.

708년에 오베르 대주교가 대천사 미카엘에게 봉헌하기 위해 돌산의 바위 위에 예배당을 세우자 순례자들이 몰려들었다. 이에 10세기경 베네딕트회 수도사들은 아예 수도원을 건축하기로 했고, 기적처럼 바위 위에 완성해놓았다.

지난 수백 년 동안 독실한 신앙인들과 호기심 많은 여행객들이 이 수도원까지 가기 위해 뭍에서 간조 시간이 되기를 기다리며 기도를 올려야 했다. 그러다 1879년에 길이 만들어지긴 했지만 밀물에 휩쓸리거나 늪에 실족하는 등 위험에 노출되곤 했다. 빅토르 위고는 이런 상황에 대해 이렇게 썼다.

"이 바다는 힘찬 말이 달려드는 속도로 사람들을 덮쳐버린다."

오늘날에도 절대 주의하라는 경고 포스터가 붙어 있는데, 그럼에도 모래톱과 조수간만의 차이를 만만히 보고 함부로 덤벼들었던 사람들을 구조하는 일이 왕왕 생긴다.

몽생미셸은 두 가지 방식으로 체험할 수 있다. 원거리에서 하나의 풍경으로 바라보는 방법과 가까이 다가가 마을을 통과해서 수도원까지 직접 올라가는 방법이다. 무엇이 되었든 기이한 절경의 세계문화유산 앞에서 기가 질리고 할 말을 잃게 된다.

멀리서 보는 것은 쉽다. 생말로 만의 주변을 차로 한 바퀴 돌면서 시시각각 변하는 빛과 그림자를 눈에 넣으면 된다. 외벽은 오팔 색으로 보였다가 분홍색으로도 보였다가 거무스름해지며, 표정 또한 변하는 듯 근엄했다가 누군가를 노려보는 것처럼 보이기도 한다. 누군가는 이곳 풍경이 프랑스에서 가장 아름다운 전망이라고 말했는데, 나도 전적으로 동의한다.

그러나 수도원 안으로 들어가면 완전히 다른 이야기가 펼쳐진다. 이 섬마을은 너무나 작고 수도원까지 가는 길은 몹시 비좁다. 또한 몽생미셸의 모든 것이 지나친 인기 때문에 너무나 괴로워하고 있다.

나는 그 안에 들어가려고 두 번이나 시도했다. 처음은 솔직히 잊고 싶을 정도로 후회 막심한 기억이다. 7월의 노르망디는 오븐처럼 뜨거웠다. 나는 바다 위를 맨발로 걸었고, 마침내 수도원의 윤곽이 눈에 드러나기 시작했다. 그렇게 땡볕 속에 몇 시간 걸으면서 바라보니 몽생미셸의 주인공이라고 할 수 있는 대천사 미카엘의 번득이는 날개는 물 위에서 출렁이는 신기루 같았다.

어쩌면 이곳이 오도 가도 못하는 섬이었을 때가 풍경이 더 강렬했을 것 같다. 드디어 수도원에 도착해서 발에 묻은 모래를 털어 냈지만 사색은커녕 맨 정신을 지키기도 힘들었다. 말 그대로 나를 위한 공간 자체가 없었다. 좁디좁은 골목에 밀실공포증을 일으킬 정도로 인파가 가득 들어차 있었던 것이다.

거기서는 어떤 깨달음도 얻을 수 없었고, 간신히 기념품으로 머그잔 하나만 살 수 있었다. 인파에 끼어 계단을 900개 올라가자 더위와 피로 때문에 질식할 것만 같았다. 빨리 육지로 돌아가서 앞으로는 몽생미셸을 멀리서만 보며 감탄하리라 다짐했다.

마침내
몽생미셸의 품에 안기다

20년 동안 그런 식으로만 사랑했다. 노르망디를 지나갈 때마다 얼마든지 만날 수 있었으니 다른 마음은 별로 없었다. 바다 한

가운데 떠 있는 경이로운 건축물, 신에게서 영감을 받고 인간의 손으로 지은 고딕 양식의 걸작……. 그렇게 짧은 감상에만 그치며 몽생미셸은 멀리서 봐야 제대로 감상할 수 있다고 믿었다. 어느 추운 겨울 저녁에 나 혼자 다시 가보기 전까지는.

대규모 공사가 진행 중이었고, 이제 막바지 단계에 이를 때였다. 바다를 쓰레기장으로 만들었던 임시 통로를 없애버리고 수세기 동안 몽생미셸의 일부였던 바다의 흔적마저 희미하게 만들고 있었다. 수도원 발치에 있는 보행자 다리는 아직 완공되지 않았고, 날씨가 우중충했기에 버스 운전기사는 나를 먼 주차장에 내려주었다. 그래서 나는 차가운 비가 내리는 2월에 한동안 거기 서 있었다.

몽생미셸 인근에 있는 마을의 호텔에 도착했을 즈음 비에 흠뻑 젖어 오들오들 떨었다. 다행히 호텔 방은 보송보송하고 따뜻했다. 뜨거운 물로 목욕하고 나니 조금 개운해졌다. 폭풍이 거세게 창문을 때리고 있었고, 바다는 검은색에 가까운 회색이었다.

그런 날씨가 무척 마음에 들었다. 호텔에 그대로 있고 싶었지만 그렇게 하지 않았다. 수도원까지 걸어가보기로 한 것이다. 올라가는 길에서 나와 함께 걷고 있는 것은 내 상상 속 유령뿐이었고, 오로지 나 혼자였다.

새로 증축한 고딕 양식 건물의 동굴 같은 복도와 지하실은 으스스했고, 그 밑으로는 로마네스크 건축의 기둥과 복도를 통과

하면 우아한 회랑으로 덮인 3층의 응접실이 나온다. 중앙부의 신도석은 텅 비었지만 신비한 분위기가 감돌았는데 산화 때문인지 푸르스름한 녹색이었다.

가늘고 긴 창문이 있는 식당이 특히 마음에 들었고, 게스트 홀의 거대한 벽난로도 인상적이었다. 서쪽 테라스에서 내려다보니 성난 파도와 짙은 회색 구름이 보였다. 서쪽은 브르타뉴, 동쪽은 노르망디였다.

첨탑을 올려다보았다. 대천사 미카엘이 하늘 높이 칼을 치켜든 채 엉덩이를 한쪽으로 내밀고 있었는데 안개 때문에 흐릿해 보였지만 그런대로 형상을 살펴볼 수는 있었다. 회랑 기둥 주변에 있는 독방에 가보고, 다른 곳들도 세심히 둘러보았다. 그렇게 두어 시간을 들여 한 바퀴를 돌아본 뒤 바깥 계단으로 내려와 마을로 걸어왔다.

나는 그 길로 이곳의 유명한 식당인 라 메르 풀라르La Mère Poulard로 갔다. 매콤한 오믈렛이 거의 완벽했다. 그날은 예약이 가능했지만 7월이라면 이미 예약이 꽉 차 있었을 것이다. 비는 어느새 그쳐 있었고, 구름이 보름달 주변을 서성거리고 있었다.

언덕을 내려와 바다 바로 위에서 은은히 빛나는 몽생미셸을 바라보았다. 정교한 첨탑은 푸른색이었고, 미카엘은 다시 금색으로 변해 있었다. 나는 그곳으로 다시 걸어가서 바위에서 툭 튀어나올 것만 같은 수도원의 벽을 만져보았다. 71m 높이의 직각으로 솟은 벽에서 12세기 천재 건축가들의 열정을 조금이라도 느끼고 싶었다.

나는 온전히 혼자였다. 깜깜한 밤이 되니 돌바닥에 닿는 내 부츠 소리가 더욱 크게 울렸다. 미국 작가 헨리 제임스Henry James는 1905년 몽생미셸을 보고 이런 글을 남겼다.

“어떤 이들은 그것을 실제가 아닌 한 폭의 그림으로 기억할지 모른다. 그것은 합일의 상징이다. 신과 인간이 이전의 그 무엇보다 더 대담하고, 더 강하고, 더 가깝게 합쳐진 것이다.”

프랑스의 다른 어떤 대성당이나 수도원에서보다 나는 이곳에서 인간이 얼마나 연약하고 세속적인 존재인지를 깊이 느꼈다. 그와 동시에 얼마나 낙관적이며 얼마나 집념이 강한 존재인지도 깨달았다. 후자의 특징을 내 안에서 다시 꺼내고 싶다면, 나는 또다시 이곳을 추운 겨울밤에 혼자 찾을 것이다.

노르망디

06 천국을 묘사할 마땅한 단어가 없다

▲ 클로드 모네의 연작에 담긴 에트르타 절벽의 모습

자연이 빚어낸 아름다운 풍경에 말문이 막히다

에트르타 절벽은 프랑스 서북부 대서양에 면한 도시인 르 아브르Le Havre와 디에프Dieppe 사이에 있는 영국해협에 갑자기 쑥 올라와 커다란 벽처럼 우뚝 서 있다.

파리에서 자동차로 2시간 거리인 노르망디 에트르타 해변에 있는 이곳을 프랑스인은 '코끼리 절벽'이라고 부르기도 하고, 절벽 끝에 있는 아치형의 문처럼 생긴 커다란 틈을 빗대어 '빠진 이빨La dent creuse'이라고 부르기도 한다. 바다로 들어가 있는 바위 사이에 파도가 구멍을 내어 마치 코끼리가 바닷물에 코를 대고 물을 빨아 먹는 듯한 모습이 이채롭다.

이곳의 깎아지른 듯한 절벽을 보고 있으면 시인이 된다. 물론 시가 술술 나올 리는 없다. 나 또한 꼼짝 않고 이 절경을 바라보며 아치 모양의 바위산과 조각가가 심혈을 기울여 깎아놓은 것 같은 절벽을 묘사하기 위해 나만의 단어와 문장을 조합해본다.

그러나 그 시도는 너무나 빨리 실패로 돌아가고, 나는 하늘과 바다가 하나로 합쳐진 것 같은 우람한 풍광의 느낌에만 집중한다. 파도는 뾰족한 바위탑과 절벽들 주변을 떠나지 않고 간질인다. 마치 이들이 의식이 있는 존재라도 되는 듯이.

이렇게 자연이 빚어낸 아름다운 광경을 보면 말문이 막힌다. 내 경우에는 애리조나의 그랜드캐니언이 그랬고, 오스트레일리아의 포트 캠벨Port Campbell이 그랬다. 자연이 빚어낸 거대한 우상 앞에서, 나는 조금 어지럽고 살짝 취한 것 같다. 머리는 빙빙 돌고 정신이 잠깐 나가는 느낌이다.

여기 노르망디 해변의 거칠면서도 광활한 풍경과 아스라한 갈매기 울음소리가 사람들을 단순한 찬탄이 아닌 다른 어떤 세계로 이끌 때가 있다. 마크 트웨인Mark Twain의 친구이며 19세기 보스턴의 시인인 루이즈 챈들러 몰튼Louise Chandler Moulton은 자갈 해변에서 바라본 에트르타 절벽의 풍경에 대해서는 쓰지 않고, 그 사이로 빠져나간 사랑을 노래했다.

우리 둘, 이 생에는 밝게 빛나는 희망의 별이 없다.
축복은 잊었고, 즐거움은 더는 우리 곁에 없다.
바람의 거친 울음과 바다의 불평을 잘 들어라.
그리고 바람과 함께 무너져서 바위에 부딪히리라.

모네의 그림 속에 살아 있는 에트르타의 장관

에트르타 절벽은 프랑스의 19세기 낭만주의 화가 외젠 들라크루아Eugène Delacroix, 풍경화가 외젠 부댕Eugène Boudin, 사실주의 화풍으로 명성을 떨친 귀스타브 쿠르베가 화폭에 담기도 했다.

1883년 2월, 클로드 모네도 이 해변에서 바라다보이는 풍경을 그림 20점에 남겼다. 그는 이젤을 들고 절벽으로 올라가 노르망디의 습기 가득한 겨울바람과 짙은 안개와 때맞춰 변하는 조수와 싸우면서 공기의 조건과 빛의 변동을 스케치했다. 그의 걸작 〈절벽, 에트르타, 석양〉은 이런 노고 끝에 탄생했다.

모네는 빛에 따라 변하는 에트르타 해변의 물결과 구름, 절벽의 요철 하나까지도 화폭에 세밀하게 되살려냄으로써 '빛은 곧 색채'라는 자신의 신념을 고스란히 투영했다. 2014년 미국 텍사스대학교 천문학 연구팀은 이 작품을 놓고 과학적 연구를 실시했다. 그림 속에서 태양의 고도, 해수면의 높이, 달의 움직임, 그림 작업을 한 지점 등을 놓고 자세히 분석한 결과 이 작품이 1883년 2월 5일 오후 4시 53분에 그린 것임을 밝혀냈다.

그 밖에 그의 그림 몇 점만 봐도 모네가 이곳에 얼마나 매혹되었는지 알 것 같다. 그래서 이곳에 직접 가면 천재 화가의 영혼이 손에 잡힐 듯 가까이 느껴진다. 에트르타를 자주 여행한 모네는 이곳에 아예 집을 짓고 살았던 작가 기 드 모파상Guy de Maupassant과 어울리기도 했다. 모파상도 단편소설 몇 편에 이곳 에트르타 해안을 주요 무대로 만들고, 양쪽 끝에 있는 석회암에서 극적인 장면이 나오게 그리곤 했다.

해변 가운데 서 있으면 발밑에 퇴적작용으로 생긴 바위인 오팔색 정동석이 카펫처럼 깔려 있다. 그럴 때 나는 발밑에서 흐르는 바다를 느낀다. 그러는 동안 나 또한 둥글어지고 부드러워지는 것만 같다.

왼쪽 해안을 따라 걷는데 썰물로 물이 빠져나갔다. 근처에 올라가는 계단이 있어 절벽 꼭대기까지 올라가니 야생화들이 가득 피어 있고, 옆으로는 창백한 절벽이 둥그렇게 해안을 감싸고 있었다. 나는 다시 해변 산책로로 내려와 다른 해안 쪽으로 향했다.

비가 한두 방울씩 떨어졌기에 조금 서둘러 걸어 포트 다몽 옆의 해안에 발을 들여놓았다. 해안 옆의 크고 높은 절벽 위에는 연두색 잔디가 침대보처럼 부드럽게 덮여 있었다. 아마 2월의 이런 날씨에도 모네는 왔을 것이다. 이렇게 걷기도 힘든 날씨에도 애써 그림을 그리려고 했을 모네가 안쓰럽게 느껴졌다.

나는 물에 빠진 생쥐처럼 젖었고, 머리가 핑 돌 정도로 숨이 찼다. 그리고 무엇보다 여기에 왔던 모든 사람이 그랬듯이 자연의 힘에 압도당했다. 그러고 보니 겨울에 왔을 때는 진눈깨비의 공격을 받았고, 여름에 왔을 때는 뜨거운 해의 공격을 받았다. 그런 와중에 내가 할 수 있는 일은 그저 얼빠진 표정으로 에트르타의 절벽을 바라보는 것뿐이었다.

나는 아직도 이 천국 같은 절벽을 묘사할 마땅한 단어를 찾지 못했다. 하지만 이들은 매우 인내심 강한 존재로 보이니 언제까지나 나를 기다려줄 것이고, 이곳 에트르타 해안에 할 말을 잃고 서 있는 다른 많은 사람을 위해서도 기꺼이 그렇게 할 것이다.

PART

2

세상에서 가장 따뜻한 크리스마스를 아세요?

낭시

07 파리보다 훨씬 좋은 게 문제야!

▲ 초저녁에 광채를 더하는 낭시의 노천 카페 풍경

낭시는 살아 숨 쉬는
디자인 박물관이다

프랑스에서 색깔이 가장 다양한 도시인 낭시Nancy는 로렌 지방의 중심지로, 18세기 건축물들이 그대로 보존되어 있어 유네스코 세계문화유산에 등재된 곳이다.

나는 사람들이 낭시에 대해 이야기할 때 목소리를 한 옥타브 낮추는 모습을 자주 목격했다. 처음에 나는 이런 상황이 좀 의아했다. 낭시가 설명이 불가능할 정도로 매력이 있다는 뜻인지, 아니면 낭시에 정말로 중요한 무엇이 있는데 남들이 모르기를 바라서 그러는지 분간하기 어려웠다.

프랑스 북동부 독일과의 국경 부근에 있는 낭시는 파리에서 380km 떨어진 곳이라 TGV로 90분만 가면 도착한다. 1981년 파리와 리옹 사이를 연결하는 410km 고속철도 노선으로 시작된 이 기차는 프랑스의 모든 것을 일시에 바꾸어놓았다. 단지 시간만 단축한 것이 아니라 사람들이 단지 호기심만 갖고 있을 뿐 용기 있게 실행하지 못한 것에 대한 변명을 모조리 앗아가버린 것이다.

낭시는 프랑스에서도 아주 다른 빛 안에서 존재하는 듯하다. 미국의 소설가 제임스 설터James Salter의 짧지만 매우 강렬한 에로틱 소설 《스포츠와 여가A Sport and A Pastime》는 낭시를 무대로 예일대학교 퇴학생과 프랑스의 어느 가게 여점원의 육체적 사랑을 묘사했다.

소설에서 주인공 남자는 호텔 방 창문 너머로 멋지게 단장된 18세기 건축물들에 둘러싸인 낭시의 중심 스타니슬라스Stanislas 광장을 바라보고, 근처에 있는 로렌 국립 오페라극장도 내려다본다. 비록 소설 속 주인공은 길 잃은 청춘의 아픔을 술에 타서 마시지만 그곳은 지금도 중세와 현대가 절묘하게 공존하는, 프랑스에서 몇 안 되는 풍경을 보여준다.

낭시에 광채를 더하는 것은 이 도시가 살아 숨 쉬는 디자인 박물관이라는 사실이다. 이곳에는 '새로운 예술'을 뜻하는 아르누보Art Nouveau 운동이 잉태된 에콜 드 낭시École de Nancy 미술관이 있다. 또 20세기 실용주의 디자인의 선구자로 추앙받는 장 프루베Jean Prouvé가 되도록 소수의 단순한 요소로 최대의 효과를 거두려는 미니멀리스트 스타일을 완벽히 다듬은 곳이다.

지금까지 섹스가 나왔고, 디자인이 나왔다. 또 무엇이 있을까? 음식이 있다. 알자스와 로렌을 비롯한 프랑스 동부 지역의 대표적 향토 요리로 '키슈Quiche'가 있다. 키슈는 파이나 타르트 반죽으로 그릇 모양으로 만든 곳에 달걀, 생크림, 다진 고기, 채소를 넣고 그 위에 치즈를 듬뿍 얹어 오븐에 굽는다.

낭시는 맛이 뛰어나기로 유명한 팡 데피스pain d'épices와 반투명의 황금색 사탕 베르가모트bergamotes가 탄생한 곳이기도 하다. 낭시 사람들은 18세기에 수녀들이 특수한 비법으로 만든 마카롱의 원조를 맛보기 위해 메종 데 쇠르 마카롱Maison des Soeurs Macarons을 찾기도 한다.

르네상스와 중세의
화려한 역사를 밟아온 곳

낭시는 미국에서 태어나 파리에서 성장한 영화감독으로, 남편의 고향인 이곳에서 살고 있는 킴 마세가 추천해주었다. 그녀는 이렇게 말했다.

"낭시는 마치 파리에 있는 것 같지만, 문제는 파리보다 훨씬 더 좋다는 거죠."

섹스, 디자인, 음식을 차례로 들어보았지만 낭시와 프랑스의 다른 도시들을 구분하게 하는 것은 역시 이 도시의 '은근한 뉘앙스'가 아닐까 한다. 이곳은 비싼 물가와 인파, 대도시의 번잡함을 걷어낸 은은하고 우아한 세련미가 빛나는 도시다.

킴과 그녀 남편은 주말이면 설터의 소설에서 주인공 남자가 창문 너머로 바라보았던 오페라극장에서 7유로짜리 오후 공연을 보는 걸 좋아한다. 이 건물의 외부는 평범해 보여도 호화로운 실내 장식은 파리의 오페라 전용극장인 '오페라 가르니에Opéra Garnier' 못지않게 근사하다.

스타니슬라스 광장은 폴란드 왕 스타니실라 레즈진스키가 사위인 루이 15세에게서 로렌 지방을 받으면서 이 지역 군주가 되었을 때 직접 만들고 관리하고 꾸민 곳으로, 1755년 여기서 대관식을 치렀다. 지금도 이 광장은 유럽에서 가장 아름다운 왕가의 광장으로 남아 있다.

보자르 미술관Musée Beaux Arts도 이 광장에 있다. 만약 당신이 20세기 중반의 디자인 흐름에 관심이 많다면 장 프루베Jean Prouvé의 작품이 전시되는 층에서 그의 대표 작품인 나무의자들을 비롯한 의자들과 다양한 컬렉션을 감상할 수 있다. 그는 기능적이면서도 미적인 인테리어 스타일을 선호한 인물로, 오늘날 우리가 볼 수 있는 거의 모든 세련되고 현대적인 감각을 발견할 수 있을 것이다.

이곳에서 앙드레 마지노André Maginot 광장까지 가는 산책길도 무척 사랑스럽다. 이곳에는 낭시 관광청이 정한 공식적인 예술거리가 네 곳 있고 1700년대 가구, 그릇, 스테인드글라스, 놋쇠장식과 세라믹 장식 등 수많은 볼거리가 있다.

이 거리에서는 디자인계의 굵직한 이름들도 흔히 만나볼 수 있다. 에콜 드 낭시의 설립자인 유리공예가 에밀 갈레Émile Gallé, 19세기 아르누보 디자인의 선구자 루이 마조렐Louis Majorelle 등의 작품이 모두 에콜 드 낭시 미술관에 전시되어 있다.

낭시는 뭐니 뭐니 해도 걷기 좋은 도시다. 아르누보의 달콤한 쾌락을 맘껏 섭취한 후 구시가지의 좁은 골목길과 요리조리 뻗어 있는 샛길을 걷다 보면 매우 아름다운 정경에 빠져 길을 잃을 수도 있다.

낭시의 그랑드 거리는 중세의 미로 같은 골목길들의 중심 뼈대로, 이 주변으로 상점과 시장, 크고 작은 창문이 달린 좁은 집들이 늘어서 있다. 대부분이 몇백 년 전 그대로의 모습을 간직하고 있다. 르네상스와 중세의 화려한 역사를 온몸으로 받아온 이곳에서 아르누보의 예술적 의미를 가깝게 느껴볼 수 있다는 것이 큰 매력이다. 바로 이것이 낭시를 파리보다 더 파리다운 도시로 느끼게 만드는지도 모르겠다.

스트라스부르

08 세상에서 제일 따뜻한 크리스마스를 아세요?

▲ 스트라스부르에서 열린 크리스마스 축제의 풍경(상)
보기만 해도 마음을 설레게 하는 소품들(하)

1570년부터 열린
환상적인 크리스마스 축제

프랑스에서 살 때, 나는 크리스마스와 연말 시즌을 무척이나 기다렸다. 파리의 크리스마스는 차분하고 조심스럽게 찾아온다. 이때가 되면 사람들은 머리부터 발끝까지 단단히 무장하고 확고한 목적과 결연한 의지를 담은 얼굴로 시장으로 향한다.

그들의 목적은 오로지 12월을 더 재미있고 더욱 의미 있게, 그리고 아주 맛있게 보내는 것이다. 거리마다 징글벨이나 '펠리스 나비다Feliz Navidad'가 울려 퍼지는 미국과는 사뭇 다르다.

프랑스는 가톨릭 국가이긴 하지만 크리스마스 시즌은 해가 짧아지고 밤이 유독 길어지는 유럽 특유의 겨울과 맞물린다. 그러니 이즈음은 밖으로 도는 시간이 아니라 집과 가족의 시간이며, 촛불을 켜고 조명을 밝히는 시간이고, 사랑하는 가족과 둘러앉아 맛있는 음식을 나눠 먹는 시간이다.

프랑스는 이 시즌을 넘치지도 않고 부족하지도 않게 보내지만 그렇다고 전혀 표시를 내지 않는 것도 아니다. 동네 정육점 진열장에도, 샹젤리제 거리의 가로수에도 다닥다닥 붙어 있는 작고 하얀 전구들이 쉴 새 없이 빛을 발하며 춤을 춘다.

리옹Lyon에서는 12월 초 나흘간에 걸쳐 거대한 빛의 축제인 '뤼미에르 축제Festival Lumiere'가 열려 크리스마스의 시작을 알린다. 그러면 칙칙했던 성당이며 빌딩들이 벽에 형광 초록, 핫

핑크, 형광 블루의 옷을 입히고 축제에 참여한다. 도시 곳곳에서 국제적인 비주얼 아티스트들이 연출하는 조명들이 형형색색 일렁이면서 축제가 절정으로 치닫는다.

프랑스의 또 다른 도시인 릴이나 페르피냥Perpignan 같은 도시도 12월의 축제를 열어 거리와 광장을 들썩들썩하게 만들고, 중심가에는 커다란 트리가 세워진다. 또 거리마다 가판대들이 줄지어 나타나서 시민들이 가방을 이 시즌에만 맛보는 달콤한 간식들로 가득 채우게 한다.

프랑스 전체에서 만장일치로 크리스마스의 왕이라 꼽히는 도시는 스트라스부르Strasbourg다. 1570년부터 열린 크리스마스 축제 기간에, 이 도시는 환상적인 마법의 성으로 변한다. 중유럽 최대 강인 라인 강을 옆구리에 끼고 있는 이 도시는 프랑스와 독일과 프러시아에 끼여 이리저리 치이다가 지금은 프랑스령이 되어 이 나라의 동쪽 끝자락에 간신히 매달려 있다.

1770년 오스트리아는 열네 살의 마리 앙투아네트를 장차 프랑스 왕이 될 황태자 루이 14세와 결혼시키기 위해 오늘날의 독일 영토인 켈Kehl 부근 작은 섬을 지참금으로 주었다. 지금은 스트라스부르에서 보행자 전용 다리 하나만 건너면 독일의 켈이다.

그런 지리적 특성 때문에 이곳에서는 건물의 창가마다 장식된 화분이나 여기저기 서 있는 크리스마스 조명에 어딘가 모르게 게르만족의 느낌이 배어 있다.

거리마다 먹을거리와 볼거리를 가득 쌓아놓고 시장을 연다

스트라스부르는 알자스Alsace 주의 주도이고, 유럽의회EP의 본부가 있을 만큼 정치적으로 중요한 도시 중 하나다. 하지만 크리스마스 시즌에는 이런 관료적이고 고루한 느낌이 전혀 나지 않는다. 11월 말만 되어도 크리스마스가 코앞이라는 것을 실감할 만큼 시민들이 성탄의 기쁨을 맛보기 위해 서두른다.

뺨에 닿는 차가운 바람의 감촉, 이곳 사람들이 좋아하는 생강을 넣은 진저브래드Gingerbread 냄새, 독일에서는 글뤼바인Glue-hwein이라고 하고 프랑스에서는 뱅쇼Vin Chaud라고 하는 따뜻한 와인 냄새. 그리고 기차역 바로 앞 시장에는 알록달록한 트리 장식이 보이고 여기저기서 군밤과 쿠키 냄새가 진동한다.

기차역에서 관광객들을 위한 안내책자 하나를 얻을 수 있다. 역사 깊은 구시가지에 흩어져 있는 10개 시장이 소개된 지도는 보기 편해서 가방에 넣어두면 큰 도움이 된다.

자갈이 깔린 구불구불한 골목길을 걷다 보면 이 도시를 감싸고 흐르는 강을 지나면서 수없이 많은 크리스마스트리를 만나게 된다. 이 모든 소소한 풍경이 잊지 못할 뭔가가 다가오고 있음을 알리는 예고편 같다.

강둑 옆을 걷노라면 향기가 더욱 짙어진다. 여기에 알자스 지방의 대표적 양배추 발효식품으로 소시지에 곁들여 먹는 슈크르트Shoucroute도 냄새를 풍기며 여행객을 유혹한다. 독일이 원조인 이 요리를 가운데 놓고 소시지, 삼겹살, 족발 같은 고기와 삶은 감자를 곁들여 먹는다. 잘게 썬 양배추를 화이트와인에 절여 발효시킨 음식을 슈크르트라고 한다.

스트라스부르 대성당은 유럽에서 매우 훌륭하게 지은 고딕 성당의 하나로, 크리스마스 시즌에는 이곳에서 예수님과 마리아에 관련된 장식품들이 전시되고 음악회도 열린다.

이때 크리스마스 시장을 뜻하는 '마르셰 드 노엘Marché de Noël'이 대성당 바로 밑에서 열린다. 크리스마스가 다가올 무렵 프랑스 곳곳에서는 거리마다 먹을거리와 볼거리를 가득 쌓아놓고 시장을 여는데, 이를 마르셰 드 노엘이라 한다.

특별히 할 일은 없다. 그냥 하루 종일 동네를 어슬렁거리면서 무엇인가를 찾아 먹으면 된다. 시장마다 테마가 있고 여러 개 테마는 마치 영화 세트장 같은 커다란 시장에서 하나로 합쳐지는데, 여기는 프랑스에서 가장 역사가 깊은 최대 크리스마스 시장인 브로글리 광장Place Broglie 시장이다.

여기서는 글뤼바인 한 잔을 안 마시고 배길 수가 없다. 시장마다 골목마다 눈길이 닿는 곳마다 진하고 따뜻한 와인들이 저마다 휴일에 맞는 옷을 갖춰 입고 손님의 손길을 기다린다. 글뤼바인은 와인에 리큐어, 베리, 레몬, 바닐라 향을 가미하거나 좀 더 전통적으로는 사과, 시나몬, 오렌지, 정향을 가미해서 만든다.

뫼이네 광장에서는 알자스의 소규모 생산자들이 시장을 열고 손님들을 기다린다. 꿀, 잼, 치즈가 있고, 생강케이크인 팽 데피스 징젬브레pain d'epices au gingembre, 프랑스식 에그녹인 레 드 풀레lait de poule도 판다.

그런가 하면 아우스터리츠 광장에서는 크리스마스 특별상품을 내놓고 있다. 쿠론느 드 도르 와인, 장식품과 수공예품, 슈크르트, 옛날식 프레즐, 브르델 크리스마스 비스킷, 맥주, 와플 등 없는 게 없다.

산처럼 쌓인 진저브래드 맨, 시나몬 스타, 초콜릿을 묻힌 마시멜로와 온갖 과자가 보이고, 여기에 독일 전통의 크리스마스 케이크인 슈톨렌 케이크가 절대로 지지 않겠다는 듯이 강렬한 냄새를 풍긴다.

스트라스부르의 중앙 광장인 클레베르 광장에 서 있는 엄청나게 큰 크리스마스트리 앞에서는 누구라도 고층건물만큼이나 커다란 소나무 전체에서 흘러나오는 파란색과 흰색 불빛을 보고 있노라면 문득 영원한 무엇인가를 위해 기도하고 싶어진다.

09 아주 특별한 루아르 고성 투어

▲ 루아르 강가의 소뮈르 고성(상)
슈농소 성의 모습(좌)
19세기 화가 에두아르 드바 퐁상의 〈루브르 궁전 입구의 어떤 날, 1880〉에 묘사된 카트린 드 메디시스(우)

세계 관광객들의 찬탄을 부르는 중세의 고성들

유네스코 세계문화유산에 등재된 '루아르 고성Châteaux de la Loire'은 루아르 강을 중심으로 수많은 고성이 자리하고 있는 지역을 일컫는다. 루아르 강은 프랑스에서 가장 긴 강으로 길이가 1,012km이고, 유역 면적은 프랑스 국토의 20%를 차지한다.

프랑스 중서부에 위치한 루아르 지방은 혜택받은 자연환경 덕분에 프랑스에서도 가장 풍요로운 땅으로 꼽힌다. 비옥하고 아름다운 자연을 배경으로 세워진 중세의 고성들은 우아하고 위엄 있는 자태를 드러내면서 전 세계 관광객들을 끌어들인다.

〈내셔널 지오그래픽National Geographic〉은 루아르 고성들이 자리한 루아르 밸리 일대를 '죽기 전에 꼭 가봐야 할 세계의 여행지 50'의 하나로 꼽았다. 이 잡지에 루아르 밸리를 다루는 장이 하나밖에 없다는 사실이 너무 아쉽다.

루아르 고성이라는 하나의 주제만으로도 책 한 권을 채울 만큼 이야기가 많기 때문이다. 이 지역에는 세상에서 가장 경이로운 건축물들이 줄줄이 늘어서 있는데, 그것들을 하루 이틀에 다 보는 것은 아무리 빠른 자동차라 해도 불가능하다.

루아르 지방에서 가장 호화로운 건축물을 소유한 여인이자 프랑스 왕비였던 카트린 드 메디시스에 대해 설명하기 전에, 먼저 이곳을 어떻게 여행하는 것이 좋을지를 알아둬야 한다.

내 대답은 간단하다. 자전거로 다녀라. 대체로 루아르 강을 따라 달리는데 평지가 길게 이어지므로 평화롭다 못해 단순하고 지루할 정도지만, 이런 방법으로 여행하다 보면 어느새 루아르 밸리의 매력에 흠뻑 빠져들 것이다.

오를레앙에서 투르Tours까지 144km를 달리는 계획을 세우면 나흘이면 충분하다. 이 코스는 다음 행선지 근처 호텔을 예약할 수도 있으니 용기를 내어 꼭 한 번 도전해보기 바란다.

루아르 밸리에서 만나게 되는 고성들은 샹보르Chambord, 슈베르니Cheverny, 블루아Blois, 앙부아즈d'Amboise, 쇼몽 쉬르 루아르Chaumont sur Loire, 슈농소 성Chenonceau, 클로 뤼세Clos Lucé 등 이름만 들어도 금세 고개가 끄덕여질 정도로 유명하다.

대부분 고성들이 루아르 강 위로 그림자를 드리우는데, 하나같이 역사를 품고 있고 과거 프랑스 왕가의 문양을 간직한 문화사적 상징으로 존재한다. 가령 클로 뤼세 성은 프랑수아 1세의 초청을 받고 프랑스로 건너온 이탈리아의 천재 예술가 레오나르도 다 빈치가 인생의 마지막 3년을 보낸 곳이다.

나흘간의 자전거 투어로 다 보지 못했다면 언제든지 다시 와서 자기만의 속도를 유지하면서 역사의 향기가 가득한 프랑스를 맘껏 흡수하기 바란다. 나는 블루아 성, 슈농소 성, 쇼몽 쉬르 루아르의 복도에서 카트린 드 메디시스의 발자취를 더듬으며 감회에 젖었다.

▲ 강 위로 그림자를 드리운 샹보르 고성

그녀는 왕을 세 명 낳은 어머니이자 사랑받지 못한 아내, 그러면서도 프랑스 왕권을 집요하게 유지한 노련한 정치가였다. 루아르 계곡에는 그녀의 숨결이 곳곳에 남아 있어 이를 음미해 보는 것도 여행의 또 다른 묘미를 불러올 것이다.

프랑스 역사책에는 카트린 드 메디시스를 냉혹한 모략가 또는 악독한 살인자로 묘사했다. 카트린은 노스트라다무스를 비롯한 주술가, 점성술가와 가까이 지냈는데, 그들이 하는 말을 맹종하면서 독극물을 이용해 정적을 사정없이 제거했다는 의혹을 받고 있다. 때문에 그녀는 사악한 악녀로 영원히 낙인 찍혀 있다.

그러나 나는 의문을 품는다. 이런 사실들은 혹시 남성 중심의 역사관이 판을 치던 세상에서 자녀 열 명을 보호하고 감독할 의

무가 있었던 강하고 야심 있는 여성의 명예를 더럽히기 위해 의도적으로 지어낸 말이 아닐까? 그녀의 자식들은 모두 왕위 계승자이거나 왕의 미래 배우자였기에 생각과 행동 하나하나가 프랑스는 물론이고 유럽 대륙의 운명을 좌우할 수밖에 없었다.

잔혹한 왕비 이전에
연약한 어머니였던 여인의 이야기

저명한 역사학자이자 《르네상스 시대 프랑스의 왕비와 여인들Queens and Mistresses of Renaissance France》의 저자 캐이틀린 웰먼Kathleen Wellman은 이렇게 말했다.

"한 나라의 지배자인 왕이 아버지가 아닌 어머니일 경우에는 역사라는 전쟁에서 결코 이길 수 없다."

웰먼은 알렉상드르 뒤마가 쓴 프랑스 왕실의 타락상을 그린 역사소설 《여왕 마고La Reine Margot》 때문에 카트린이 억울하게 오명을 뒤집어썼다고 말한다. 이 소설은 '여왕 마고'라는 별명으로 유명했던 앙리 4세의 왕비 마르그리트 드 발루아Marguerite de Valois의 삶을 그린 작품이다.

1572년, 가톨릭과 프랑스의 개신교도인 위그노 사이의 적대감이 극에 달한 상황에서 카트린의 딸 마르그리트 드 발루아가 위그노 신교의 신자인 앙리와 결혼식을 올리게 되었다.

그런데 결혼식 축제 마지막 날, 위그노 신교도가 가톨릭교도들에게 무참히 죽임을 당하는 사건이 발생했다. 당시 카트린은 아들 샤를 9세를 앞세워 실질적으로 권력을 휘두르고 있었다.

역사가들은 그때 누군가가 위그노 신교의 지도자를 암살하라고 명령했고, 그 결과 결혼식에 와 있던 위그노 신교도 수천 명이 학살을 당했다고 지적한다. 그때 카트린이 무슨 역할을 했건 이 사건은 그녀 삶에서 가장 중요한 부분이 되고 말았고, 이때부터 세상에서 제일가는 악녀라는 오명을 뒤집어쓰고 말았다.

하지만 역사가들은 카트린이 일부러 무고한 시민들을 죽였을 리 없고, 설령 그런 명령을 내린 당사자라 해도 그 당시 왕이라면 누구나 행사할 수밖에 없는 정치적 판단에 따른 것이었을 거라고 말한다.

정치가이기 이전에 여자이자 어머니, 아내였던 카트린의 고뇌에 찼던 삶은 '여성의 성'이라 말해지는 슈농소 성에 고스란히 남아 있다. 1513년 건축된 이곳은 카트린 말고도 남편의 정부였던 디안 드 푸아티에Diane de Poitiers의 체취도 짙게 남아 있다.

디안은 왕이 평생 사랑한 여인이었는데, 그 당시 왕에게 정부는 흔했지만 앙리 2세는 유난히 본처를 무시했고 대중마저 디안을 사랑하고 따랐으니 카트린은 정말로 불행한 여자였는지도 모른다. 앙리 2세는 아내 카트린을 사랑한 적은 없지만 동침은 자주 해서 둘 사이에 아이가 무려 열 명 태어났다. 그런 가운데도 앙리 2세는 디안과 관계를 청산하기는커녕 더욱 긴밀하게 이어나갔다.

그러다 카트린의 운명의 실타래가 이상하게 풀리기 시작했다. 1559년 앙리 2세가 말을 타고 창을 겨루는 시합을 하다가 스코틀랜드의 기사 몽고메리 백작의 창에 정통으로 눈을 맞고 사망하는 사태가 벌어진 것이다. 이로써 카트린과 디안 사이의 오랜 갈등은 순식간에 종지부를 찍게 되었다.

카트린은 왕위를 잇게 된 아들 프랑수아 2세를 대신해서 섭정을 펼치기 위해 본격적으로 정치무대에 등장하면서 디안이 차지했던 모든 것을 박탈해버렸다. 거기엔 그동안 디안이 차지하고 있던 아름답고 사치스러운 슈농소 성이 포함되어 있었다.

이후 카트린은 정치적 능력을 발휘하여 왕권을 강화하면서 구교와 신교 사이를 오가며 이들을 화해시키고 평화를 지키려고 노력했다. 그녀는 이렇게 교묘하게 균형을 맞추면서 세 아들인 프랑수아 2세, 샤를 9세, 앙리 3세를 왕으로 남게 했다.

오노레 드 발자크는 역사서 《카트린 드 메디시스에 관하여 About Catherine de' Medici》에서 이렇게 썼다.

"16세기 프랑스 역사를 깊이 공부하는 사람들에게 카트린 드 메디시스라는 인물은 위대한 왕과 동일한 위치에 있다."

루아르 강을 따라 여행하면서 역사의 한복판에서 거센 풍파와 맞섰던 여인을 기억하는 일도 루아르 투어의 또 다른 매력이다.

▲ 레오나르도 다빈치가 말년을 보낸 클로 뤼세(좌) 우아한 자태를 뽐내는 쇼몽 쉬르 루아르(우)
동화 속 성 같은 앙부아즈(좌) 황금빛으로 화려하게 장식된 블루아 성의 내부(우)
완벽하게 좌우 대칭을 이루는 슈베르니 성(하)

지베르니

10 모네가 사랑한 풍경을 내 눈에 담는다

▲ 인상주의 화가의 숨결이 고스란히 담긴 모네의 정원

이곳에 오면 자기 자신에게 시간을 넉넉하게 주세요

프랑스에는 헤아리기 힘들 만큼 아름다운 장소들이 많지만, 한여름 관광시즌에만 관심을 모은다는 단점이 있다. 우리는 대부분 일주일에서 열흘 정도, 길어봐야 보름 정도 단기간 여행을 계획하고 프랑스에 가므로 원하는 것들을 충분히 볼 시간이 턱없이 부족하다.

여행 좀 해본 사람들은 전 세계에서 몰려든 관광객들을 어떻게든 피하고, 도처에 널려 있는 관광버스들의 그림자조차 멀리하기 위해 지혜를 짜내곤 한다. 나도 그런 노력 끝에 최고로 만족할 수 있는 곳을 발견했으니, 거기는 바로 파리에서 76km 정도 떨어진 한적한 도시 지베르니Giverny다.

이곳엔 프랑스가 낳은 인상주의 화가 클로드 모네Claude Monet의 집과 정원이 있다. 이곳은 모네의 집 앞에 있는 '꽃의 정원'과 길 건너편의 '물의 정원'으로 이루어져 있어서 이 정원을 여는 7개월 동안 얼마든지 방문할 수 있다.

이곳은 시끌벅적하고 틀에 박힌 투어 상품은 잊어버리고 마치 고독한 순례자처럼 찾아봐야 한다. 자동차로는 파리에서 1시간 정도 가면 되고, 파리에서 기차를 타고 베르농Vernon까지 가서 택시를 타고 들어가도 된다.

되도록 아침 일찍 도착해서 비어 있는 벤치를 하나 찾은 다음 조용히 눈을 감고 신선한 바람과 공기를 온몸으로 느껴보기 바란다. 이렇게 해야만 지베르니의 아름다움 속으로 깊이 침잠할 수 있고, 모네의 손길도 충분히 느낄 수 있다.

눈길이 닿는 곳마다 온갖 꽃이 빼곡히 들어차 있는 정원과 아름다운 수련이 둥실 떠 있는 호수는 모네가 그림을 250여 점 그리던 때를 눈에 보이는 듯 선명하게 떠올려볼 수 있게 한다. 사진작가인 엘리자베스 머레이는 이곳에 올 때마다 하루를 온전히 투자함으로써 지베르니와 한 걸음 더 가까워질 수 있었고, 모네의 열정적인 삶을 회상하는 책까지 낼 수 있었다. 그녀는 말했다.

"이곳에 오면 자기 자신에게 시간을 넉넉하게 주세요. 느긋해져야 해요. 그래야 이곳의 정신과 마주할 수 있으니까요."

그녀는 30년 전 처음으로 지베르니를 찾은 후 이곳의 경관에 완전히 반해서 캘리포니아 카멜에서 원예가로 활동하던 삶을 접어두고 노르망디로 이주했다. 그녀는 그때부터 자신의 원예 조경 기술을 발휘하여 자원봉사자로 일하면서 살았다.

그러다 미국으로 다시 돌아가기는 했지만, 그녀는 한 번도 지베르니를 잊은 적이 없다고 말했다. 그래서 해마다 늦봄이나 초가을에 모네의 정원을 찾아 익숙한 꽃들과 눈인사를 나눈 후 사진을 찍고 전시회를 연다. 그녀가 특히 사랑하는 것은 가을의 지베르니로, 9월 말이나 10월 초에 오면 황금색 해바라기와 진홍색 단풍으로 물든 나무들에 흠뻑 빠지게 된다고 한다.

"계절마다 색깔과 전경이 달라지게 만든 것 또한 모네가 남긴 완벽한 작품이라고 생각해요. 그의 기획은 완벽하게 성공했어요."

한입에 털어넣는 게 아니라 천천히 홀짝이며 음미하라

인상주의는 19세기 후반 프랑스를 중심으로 일어난 미술 사조로, 빛과 함께 시시각각 움직이는 색채 변화를 통해 자연을 묘사하고 순간적인 색의 효과를 이용해서 눈에 보이는 세계를 더 정확하고 객관적으로 기록하려고 했다. 모네는 인상주의의 이상을 가장 잘 구현한 화가로 평가받는다.

1883년 아이 여덟 명이 포함된 모네의 가족은 예전부터 사랑해온 지베르니에 농장을 구입해서 터를 잡았다. 모네는 여기서 43년 동안 살면서 자신이 위대한 화가일 뿐만 아니라 해박하고 재능 있는 정원사라는 사실을 세상에 입증했다.

다른 화가들이 실내 공간에서 정지된 사물을 그리는 동안 모네는 바깥으로 나가 순간순간 달라지는 자연의 색채에 매료되어 정원 일에 매달렸다. 모네는 일본의 판화를 다량 수집하다가 영감을 얻어 '물의 정원'을 설계했다고 한다.

그는 땅을 파서 인공호수를 만든 다음 큰 다리 하나와 작은 다리 여러 개를 설치했다. 그리고 매일 아침 버드나무와 대나무와 등나무 옆을 천천히 걸어가서 여름 내내 피어 있는 수련을 그리고, 또 그렸다.

모네는 지베르니의 자연 풍경에 더해서 세찬 비와 뿌연 안개와 짙은 구름이 뒤덮었다가 바로 쨍한 해가 나타나는 이곳 특유의 하늘도 고려했다. 따라서 모네의 지베르니는 그저 예쁜 꽃이 피는 정원이 아니라 오감을 총동원해서 기억하는 모든 것의 혼합물이었다.

그러니 지베르니는 한입에 몽땅 털어넣는 장소가 아니라 천천히 홀짝이며 음미하는 곳이어야 한다. 어떤 장소의 화려한 외양이 아니라 그 안에 담겨 있는 정신을 받아들이고자 한다면 엘리자베스 머레이의 충고를 귀담아듣기 바란다.

"마음을 움직이는 풍경을 보면, 제일 먼저 들고 있는 카메라를 내려놓고 간단하게라도 그림으로 그려보세요."

그렇게 하는 동안 그 땅과 하늘에 담겨 있는 의미들과 소통하면서 온전히 그곳의 일원이 될 수 있을 거라고 그녀는 덧붙였다. 아담한 벤치건 담장을 타고 올라가는 장미넝쿨이건, 아니면 관목에 매달려 있는 이파리건 무엇이건 간에 지베르니에서는 문득 스케치하고 싶은 장면이 반드시 눈에 들어올 것이다.

당신도 인위적인 것이라곤 하나도 찾아볼 수 없는 순수한 땅

▲ 모네의 정원 풍경(좌) 〈흰색 수련 연못, 1899〉(우)

지베르니에서 모네와 영혼의 대화를 나눠보는 시간을 갖기 바란다. 이 또한 여행이 가져다주는 기쁨의 하나임을 깨닫게 될 것이다.

바스 노르망디

11 보들레르는 말했다. 그곳은 달콤한 꿈과 같다고

▲ 노르망디의 다양한 문화가 조화를 이루는 페이도주의 부둣가 풍경

노르망디는 흔치 않은 다양성 때문에 더 놀랍다

노르망디 페이 도주 지역의 많은 장소와 사람들은 자기들만의 스토리를 갖고 있다. 이를테면 지금은 프랑스를 대표하는 치즈가 된 '카망베르 치즈'를 맨 처음 만든 여인이 이곳 출신이고, 마르셀 프루스트 같은 작가는 노르망디의 작은 마을 카부르Cabourg에서 영감을 얻어 《잃어버린 시간을 찾아서Remembrance of Things Past》에 등장하는 가상의 도시 '발벡'을 창조했다.

노르망디 지방은 1956년 바스 노르망디Lower Normandy와 오트 노르망디Upper Normandy로 나뉘었는데, 바스 노르망디에서도 사과주로 유명한 칼바도스Calvados와 오른Orne을 포함한 '페이 도주' 지역을 돌아보려면 자동차가 필요하다.

이곳을 한참 돌아보면서 느끼는 것은 이 지역에서 보이는 흔치 않은 다양성 때문에 어리둥절할 정도로 놀라게 된다는 점이다. 오후 한나절을 돌면서도 섹시한 해변 산책로를 걷다가 곧바로 과수원 풍경을 볼 수 있다. 그러다가 세계에서 가장 맛좋은 치즈가 나오는 낙농장으로 가볼 수도 있다.

페이 도주 지역은 긴 직사각형으로, 위쪽은 해안에 면해 있고 중심도시 리지외Lisieux는 이 지역 중앙에 있다. 매년 아시아와 미국 영화제가 열리는 도빌Deauville의 한가한 산책로를 돌다가 몇 킬로미터 내륙 쪽으로 들어가면 거짓말처럼 풍경이 변해버린다.

멀리까지 펼쳐진 비옥한 초원에서 수많은 소가 풀을 뜯고 있는데 소의 색깔이 매우 특이하다. 몇 세기 전부터 이곳의 농부들이 개량한 노르망디 품종으로 금색도 있고 갈색도 있는데, 대부분 눈 주변에 동그란 원이 그려져 있어 마치 안경을 쓴 것 같다. 바로 이 소들의 우유로 노르망디의 유명한 크림, 치즈, 버터를 생산한다.

처음에는 이 지역을 하나의 테마 안에서 소개하기엔 너무 이질적인 부분이 많아 보였다. 미끈한 스타일을 자랑하는 지역도 있고, 평범하고 수수한 지역도 있다. 해변, 연안지역, 농장지역, 고급 맨션과 평범한 목재 농가가 한데 섞여 공존한다.

하지만 이런 다양한 특징을 하나로 묶어주는 것이 있다. 바로 바스 노르망디 지역 주민들의 자부심이다. 이들은 모두 한마음이 되어 페이 도주만의 아이덴티티를 만들어간다.

칼바도스 지방의 요트 도시로 유명한 옹플뢰르Honfleur 중심가에만 가봐도 돌길에 늘어선 시장에서 이 지역이 명품 사과주라고 자랑하는 '시드르Cidre'를 담은 연둣빛 술병과 소박한 어촌 마을 트루빌Trouville의 고깃배에서 방금 가져온 조개류, 그리고 생우유로 만든 '퐁레베크 치즈'를 판다. 이 치즈는 바스 노르망디 지방에서 12세기부터 만들어왔다.

중세도시 옹플뢰르는 19세기 인상주의 화가 외젠 부댕Eugène Boudin의 고향이다. 그는 동료들에게 야외로 나가 그림을 그리도록 영감을 준 인물로, 풍경화의 선각자로 알려져 있다. 햇살이 뜨겁게 내리꽂히는 옹플뢰르에 가면, 왜 클로드 모네 같은 대가들이 이 작은 항구도시에 그토록 매료되었는지를 짐작할 수 있을 것이다.

오밀조밀한 골목, 부두 주변의 작은 선박들을 배경으로 여기저기 흩어져 있는 카페들은 모두 한 폭의 그림 같다. 화가뿐 아니라 작가들도 이곳에 끌렸다. 한동안 이곳에서 살았던 샤를 보들레르는 이런 말을 남겼다.

"옹플뢰르에서 보낸 시간은 내가 꾼 가장 달콤한 꿈과 같다."

이 도시의 랜드마크인 카트린느 교회는 15세기에 선원과 배를 만드는 사람들이 직접 떡갈나무로 지었다. 이곳은 프랑스에 남아 있는 가장 큰 목조 교회로 오랜 세월 옹플뢰르의 심장 역할을 해왔다.

프랑스의 치즈를 대표하는 카망베르의 탄생지

여기서 한 시간 정도 내려가면 카망베르Camembert에 도착한다. 이곳에는 곳곳에 카망베르 치즈를 처음 만든 마리 하렐Marie Harel의 전설이 살아 있다. 그녀는 여기서 남편과 농장을 운영하던 평범한 주부로, 1791년 프랑스혁명 당시 대도시에서 도망쳐

온 한 신부를 숨겨주었다. 그 시기에 성직자들은 신앙을 포기하도록 강요받았고, 이를 거부하면 투옥되기도 했다.

이 신부는 그녀에게 감사의 표시로 보통의 치즈에 흰 껍질을 한 겹 더 입히는 새로운 치즈 제조법을 가르쳐주었다. 이 제조법은 사실 수도원의 성직자들이 창안한 것으로, 의외로 미식가들이 많은 그들의 세계에서 가장 환영하는 것이었다.

그렇게 해서 우리가 아는 카망베르 치즈가 수도원의 울타리를 넘어 세상에 모습을 드러냈다. 다 알다시피 이 치즈는 신선할 때는 부서지기 쉽지만 오래될수록 오히려 더 물렁물렁해지고 맛이 강해져서 프랑스 사람들의 입맛을 단번에 사로잡았다.

안타깝게도 마리 하렐의 첫 번째 동상은 1944년 연합군의 폭격을 받아 머리 부분이 사라지고 말았다. 지금은 1953년에 만든 두 번째 동상이 완전한 모습으로 카망베르 시내에 서 있다.

카망베르 치즈를 예전에 마리 하렐이 하던 방식 그대로 만드는 치즈공장을 견학해도 즐겁다. 여기서는 무호르몬, 무항생제로 기르는 소들과 자유 방목 낙농장, '농장에서 식탁으로'라는 슬로건들이 전혀 새롭지 않다. 전부 옛것 그대로이기 때문이다.

탁월한 치즈 뒤에는 탁월한 우유가 있다. 이 우유는 노르망디 초원을 담요처럼 덮고 있는 초원에서 풀을 뜯으며 자라는 소들이 생산하는데, 농부들은 그런 자연환경 덕분에 우유가 특별히 부드럽고 지방과 단백질 함유량이 높다고 말한다.

노르망디의 사과주 루트를 자동차로 지나다 보면 옛날식 산울타리 뒤에 있는 엄청난 규모의 사과 과수원들을 볼 수 있다. 거기서 30분 정도만 달리면, 지금까지와는 딴판인 도빌 지역의 리조트 단지에 도착한다. 이 리조트는 1860년대에 도빌 해안의 아름다움에 눈을 뜬 사람들, 그중에서도 특히 경마와 도박에 빠진 사람들이 활동하던 무대다.

한때 유럽 여러 나라에서 이런 사람들이 찾아들어 최고의 환락을 구가하던 도빌의 카지노 거리에, 코코 샤넬은 1913년 최초의 가게를 열면서 남자 같은 옷에 단추를 풀어헤친 셔츠를 입어 사람들을 충격에 빠뜨렸다.

코코 샤넬의 흔적 때문일까? 도빌은 프랑스에서도 가장 고급스러운 양복점들이 탄생한 곳으로, 지금까지도 맞춤 양복점들이 길게 늘어서 있다. 이 양복점은 세상에서 한 벌밖에 없는 최고급 양복을 맞춰 입으려고 찾아온 세계 여러 나라의 귀족과 부자들로 호황을 이루고 있다.

도빌에서 길 하나만 건너면 나오는 매력적인 도시 트루빌 쉬르 메르Trouville-Sur-Mer는 노르망디의 많은 장소가 그렇듯이 클로드 모네의 그림으로 유명하다. 모네는 이곳으로 신혼여행을 와서 물감에 이곳 모래를 섞어 그림을 그렸다.

모네는 그림에서 빛과 성긴 구름과 선선한 바람을 묘사했는데, 그 느낌은 오늘날에도 똑같이 연결된다. 양쪽으로 끝없이 이어지는 해변은 저녁 무렵이면 사람들이 거의 떠나가서 쓸쓸한 분위기를 자아낸다. 썰물로 바닷물까지 빠져버리면 저 먼 바다 끝은 마치 다른 세상에 속한 것만 같다.

저녁식사는 두 곳 중 하나를 선택할 수 있다. 레 바푀, 아니면 그 옆에 있는 쌍둥이식당 레 부알레에 가면 된다. 파리의 내 친구는 주말이면 홍합요리와 바다에서 곧장 접시로 튀어 올라온 것 같은 작은 새우요리를 먹으러 이곳에 온다고 했다.

모범적인 서민 레스토랑 레 바푀는 언제나 사람들로 북적인다. 메뉴에는 '전통적인', '양이 많은', '순수한 버터' 같은 수식어가 붙어 있다. 나는 식사가 아니라 디저트를 위해서라도 이곳에서 하루 종일 기다릴 수 있다. 그만큼 맛이 뛰어나다.

'타르트 타탱tarte tatin'은 이 지역의 대표 음식으로, 설탕과 버터에 사과를 넣어 굽는 사과파이다. 나는 그 위에 생 노르망디 크림을 얹어 천천히 음미하면서 여기서 불과 몇 킬로미터밖에 떨어지지 않은 사과 농장과 목초지를 거니는 젖소들을 상상했다.

다음 날 아침, 나는 페이 도주에 다시 가서 어느 유명한 여인을 만나고 싶었다. 그녀가 태어난 전형적인 노르망디의 농촌마을을 지나면서 자연스레 샤를로트 코르데Charlotte Corday를 떠올릴 것이다. 그녀가 누군지 고개를 갸웃거릴 사람도 있겠지만, 다음 이야기를 들으면 단박에 알아챌 것이다. 샤를로트는 살인자이자 영웅이기도 한데, 화가 자크 루이 다비드의 그림 〈마라의 죽음〉에 등장하는 여인이다.

샤를로트 코르데는 1768년 페이 도주의 귀족 가문에서 태어나 칼바도스의 명망 있는 수녀원에서 교육을 받았다. 프랑스혁명 기간에 그녀의 정치적 정서는 평화주의를 추구하는 온건한 지롱드 파로, 급진적이고 과격한 자코뱅파와는 대척점에 있었다.

한편 장 폴 마라Jean Paul Marat는 그 무렵 진보적 혁명가이자 열렬한 자코뱅파 당원으로 활동하던 인물로, 반대파를 배척하고 비판자들을 반혁명분자로 몰아 처형하는 일의 선두에 서 있었다.

자코뱅파의 과격함에 치를 떨던 샤를로트는 그들의 지휘자인 장 폴 마라를 제거하는 것이 무고한 시민들의 목숨을 구하고 프랑스에 평화를 가져오는 지름길이라 믿고 그를 살해하기로 결심했다. 샤를로트는 파리로 달려가 장 폴 마라의 집에 들어가서는 욕조에 있던 그를 긴 칼로 찔렀다.

다음 날, 마라의 친구인 다비드는 그를 추모하기 위해 이 처참한 광경을 그림으로 남겼다. 마라를 찌른 피 묻은 칼이 욕조 바닥에 그대로 나뒹구는 광경 그대로였다.

그녀는 체포되기를 마다하지 않았고, 불과 나흘 후 스물다섯 번째 생일을 열흘 앞두고 단두대에 올랐다. 그녀는 그렇게 허무하게 죽었지만, 당시 파리에서는 그녀의 용기를 찬미하는 남자들도 많았다. 그녀의 희생이 혁명을 끝내지는 못했지만 자유와 평화를 희구하는 시민들의 영웅이 된 것이다.

맹시

12 천재는 어떤 정원을 꿈꾸는가

▲ '작은 베르사유'라 불리는 궁전(상)
샤토 드 보 르 비콩트 주변 정원의 모습(좌)
1800년대 맹시의 모습을 엿볼 수 있는 폴 세잔의 〈맹시의 다리, 1879〉(우)

베르사유 궁전을 훨씬 능가하는 아름다운 고성

도로가 뜨거워지는 여름에 프랑스에 갔다면, 크게 유명하지는 않지만 특별한 의미를 지닌 파리 근교의 명소들을 둘러보는 것도 좋다. 내가 추천하는 곳은 파리에서 남동쪽으로 1시간 정도 거리에 있는 맹시Maincy라는 곳의 샤토 드 보 르 비콩트Château de Vaux le Vicomte와 주변의 정원이다.

오르세 미술관에는 현대 미술의 아버지라 불리는 폴 세잔Paul Cézanne이 마흔 살 때 그린 〈맹시의 다리〉라는 작품이 전시되어 있어 1800년대 후반 맹시 풍경을 엿볼 수 있다.

낮이나 밤이나, 여름이나 겨울이나, 아무 때나 가도 당신은 분명 샤토 드 보 르 비콩트만의 독특한 아름다움에 휘청거리게 될 것이다. 이곳은 특별한 대중교통 수단이 없어 반드시 자동차로 가야 하는 데다 투어상품도 마땅한 게 없어 대단히 저평가되어 있지만, 그런 한갓진 환경이라서 더욱 추천을 받을 만하다.

이곳에는 사랑할 만한 것이 아주 많다. 다른 유명한 샤토에 갔을 때처럼 사람들에 치이지 않고도 여러 가지 멋진 것이 하나로 섞인 듯한 감각과 왕족 시대의 느낌을 고스란히 느낄 수 있기 때문이다. 이곳에서 보내는 하루는 대단히 프랑스적인데, 시간이 지날수록 이곳의 역사와 예술과 스타일에 빠져들고 아주 품위 있는 소풍 장소에 와 있다는 느낌이 든다.

샤토 드 보 르 비콩트는 '작은 베르사유'라고 불리기도 하는데, 이 고풍스러운 성과 정원이 루이 15세가 40년 동안 정성들여 가꾼 실제 베르사유 궁전을 능가한다고 말하는 사람들도 많다.

이런 일은 루이 14세 밑에서 재무장관으로 일했던 니콜라 푸케Nicolas Fouquet의 비전에서 시작되었다. 이미 최고 관직에 올랐으나 더 큰 권력에 목말라 있던 그는 왕을 단숨에 감명시킬 작정으로 자신의 부와 지위에 걸맞은 크고 화려한 집과 정원을 건축해서 왕을 놀라게 할 계획을 세웠다.

그는 먼저 멋진 샤토를 세울 땅을 마련하기 위해 맹시 지역의 세 마을을 사들인 다음 당시 프랑스에서 제일간다는 천재를 셋 불러들였다. 건축가 루이 르 보Louis Le Vau, 화가이자 실내장식가인 샤를 르 브룅Charles Le Brun, 정원사 앙드레 르 노트르Andre Le Notre가 그들이었다.

그로부터 5년 후 샤토 드 보 르 비콩트의 우아한 자태가 드러났다. 샤토 둘레에 거대한 해자를 두르고 그 안에 대저택을 세운 다음, 그 집을 둘러싸는 아름다운 정원을 조성했는데 프랑스에서 왕이 사는 궁전을 제외하고 이처럼 크고 아름다운 저택은 찾아볼 수 없었다.

실내장식을 맡은 샤를 르 브룅은 천장에 크기가 엄청난 프레스코화를 설치하고 벽에는 그것을 받들 듯이 양팔을 벌리고 있는 천사들을 그려넣었다. 샤토 주변에 정원을 만드는 임무를 맡은 앙드레 르 노트르는 화단, 폭포, 숲, 조각, 분수 등을 갖춘 정원을 꾸몄다. 그때나 지금이나 이곳의 정원은 프랑스 조경디자인 역사에 최고 걸작으로 여겨진다.

너무 아름답기에 혹독한 대가를 치러야 했다

하지만 니콜라 푸케의 허세 작렬 프로젝트는 1661년 8월 16일 불행한 반전을 겪게 된다. 그 운명의 날, 그는 오랫동안 공들여 지은 엄청난 결과물을 루이 14세에게 보여주려고 세기의 향연을 열었다. 화려한 무도회와 불꽃놀이가 펼쳐지고, 파티의 초대 손님이기도 한 극작가 몰리에르Molière의 연극이 초연되었다.

당연히 루이 14세는 감명을 받았다. 너무 감동을 받은 나머지 자존심이 상했는지도 모른다. 그는 자신의 재무 담당자가 어떻게 이토록 엄청난 재력을 보유할 수 있었는지 의심스러웠다.

황제는 니콜라 푸케의 지나치게 큰 저택과 화려한 파티에 노여워하면서 그가 국가 재정을 불법으로 탈취했다고 확신했다. 3주 후, 루이 14세는 자기 휘하의 장군 다르타냥d'Artagnan을 보내 푸케를 공금횡령죄로 잡아들였다. 그 뒤 푸케는 결과가 뻔한 재판 절차를 밟다가 끝내 감옥에서 생애를 마쳤다. 다르타냥은 알렉상드르 뒤마Alexandre Dumas의 소설 《삼총사Les Trois Mousquetaires》의 주인공인 바로 그 사람이다.

하지만 여기서 또 한 번 반전이 일어난다. 1661년 8월 16일 밤이 푸케에게는 인생의 막을 내리는 처참한 커튼이 되었을지 몰라도 정원사 앙드레 르 노트르에게는 다시없는 행운의 시간이었다.

루이 14세는 샤토 드 보 르 비콩트에 너무도 감동한 나머지 그를 베르사유 궁전의 정원 조성 작업에 당장 투입했고, 그곳에서 노트르는 생애 최고 작품을 창조함으로써 지금까지 프랑스 역사상 가장 위대한 조경사라는 추앙을 받고 있다.

푸케에게는 안쓰러운 일이지만, 그의 야심한 계획은 역효과를 불러왔다. 하지만 시간이 흐르고 흘러 이제 한여름밤에 우리는 이토록 부드러운 바람과 촛불과 샴페인 바를 누리게 되었고, 탁월한 감각과 고급스러운 취향 때문에 혹독한 대가를 치러야 했던 한 사람을 기억할 수 있게 되었다.

PART

3

일생에 한 번은 알자스의 와인 길을 걸어라

13 나폴레옹과 조제핀, 천 번의 키스가 깃든 곳

▲ 옛 황후의 향기가 고스란히 묻어나는 뤼에유 말메종의 정원(상)
뤼에유 말메종의 내부 모습(하)

여기서 나폴레옹과 조제핀의 사랑이 피어나고 저물었다

1961년 6월 케네디John F. Kennedy 미국 대통령이 프랑스를 방문했을 때, 그는 이렇게 재치 있게 말문을 열었다.

"저는 아내가 오자고 해서 파리에 왔는데, 과연 듣던 대로 매우 훌륭한 도시군요."

하지만 케네디는 재클린Jacqueline Kennedy Onassis이 나폴레옹과 조제핀 황후의 거처였던 파리 근교의 말메종Malmaison에 갈 때는 동행하지 않았다. 말메종은 1810년 나폴레옹과 이혼한 조제핀이 여생을 보낸 장소다. 그날 재키 옆을 지킨 사람은 프랑스의 문화부장관이자 《인간의 조건》을 쓴 작가 앙드레 말로André-Georges Malraux였다. 일주일 전 자동차 사고로 두 아들을 잃은 크나큰 비극에도, 그는 미국의 퍼스트레이디를 맞이하기 위해 기꺼이 나왔다.

그날 유창하고 아름다운 프랑스어를 구사한 재클린은 프랑스의 저명한 인테리어 디자이너 스테판 부댕Stéphane Boudin을 고용해서 아이젠하워 시대의 음침한 백악관 분위기를 걷어내고 밝고 우아하고 화사한 프랑스의 느낌을 가미할 만큼 유명한 '프랑코필(Francophile: 프랑스를 좋아하는 사람)'이었다.

스테판 부댕은 재클린이 방문한 바로 그곳, 조제핀 황후가 1799년 직접 구입한 17세기 샤토 말메종Château Malmaison을 개

조한 인테리어 디자이너였다. 이 고성에는 오늘날까지도 거기 살았던 매력적인 여인의 향기가 고스란히 남아 있다.

이곳에 와보면, 왜 미국의 가장 멋진 퍼스트레이디가 충분히 웅장하지만 과분하게 화려하지는 않은 이 샤토에 매료되었는지 충분히 이해할 수 있다. 이 샤토의 모든 부분이 저속한 화려함이나 과장된 허세와는 관련이 없을 만큼 담백하기 때문이다.

이 샤토와 정원은 나폴레옹과 조제핀이 파리의 저택인 튈르리 성의 어둡고 갑갑한 형식에서 벗어나 자기들의 본래 모습을 찾는 장소이자 역사상 가장 혼란스러운 격변기에 맑은 공기 속에서 나폴레옹과 조제핀의 전설적인 사랑이 피어났다가 저문 공간이기도 하다.

말메종은 파리에서 30분 정도만 가면 될 정도로 파리와 가깝다. 이 고즈넉한 마을과 성에서 조제핀이 직접 사용했던 옷장을 들여다보고, 사랑의 상실에 따른 슬픔을 견디기 위해 키웠던 장미 사이를 걸으며 그녀의 이야기에 귀를 기울일 수 있다.

이 집에서 나는 조제핀에 대한 나만의 환상을 무럭무럭 키울 수 있었다. 남편이기 이전에 황제였던 남자에게 버림받은 여인이 부럽다고 말할 수는 없겠지만, 사랑하던 남자가 자기 인생을 완전히 바꾸어놓고는 홀연히 떠나버렸어도 끝까지 꼿꼿하고 품위 있게 살았던 그녀를 상상하며 연민의 정을 지울 수 없었다.

프랑스혁명 후인 1804년 황제 자리에 오른 나폴레옹은 군대를 이끌고 유럽과 러시아와 나일 강 원정 전투에 나가 역사상 가장 잔인하고 피비린내 나는 전쟁을 치렀다. 하지만 전투에서 승리한 날 추위에 떨고 피곤에 지친 밤이면 정념에 빠진 연약한 남자로 변하여 아내를 간절히 그리워하고, 아내에게 적들의 상황과 군대의 전진과 유럽 정복의 야망에 대해 시시콜콜 편지를 써서 보내곤 했다. 조제핀에게 보낸 편지에서 나폴레옹은 에로틱한 상상에서 안정을 찾는 외로운 남자일 뿐이었다. 이탈리아 출정길에서 쓴 다음과 같은 편지를 보자.

나는 당신의 사랑스러운 모습을 마음속 가득 상상하며 잠자리에 든다오. 이 넘치는 사랑을 증명하고 싶어서 안절부절못하고 있소. 당신이 옷을 벗는 걸 도와줄 수 있다면, 작고 단단하고 흰 가슴과 사랑스러운 얼굴을 한 번만 만질 수 있다면 얼마나 행복할까? 그리고 당신의 그 작은 초대 장소, 어딘지 알지요? 그 작고 검은 숲을 잊지 못할 것이오. 그곳에 천 번의 키스를 하고, 그곳에 들어가는 순간만을 기다릴 것이오. 조제핀 안에 사는 것은 엘리시움의 정원에 들어가는 것과 같기에.

조제핀의 몸을 가난도 전쟁도 질병도 없는, 지구상에서 선택받은 1%만이 갈 수 있는 이상향의 세계 '엘리시움Elysium'으로 비유할 만큼 나폴레옹은 그녀를 뼛속 깊이 사랑했다. 그의 편지를 읽다보면 약간 소름이 끼치기도 한다. 그것은 언제나 치밀한 계산 아래, 또는 너무 아무렇지도 않게 군인들을 잔혹한 전쟁터에 내보낸 사람이 이런 편지를 써서라기보다는 그가 가끔 심각할 정도로 그녀에게 집착했기 때문이다. 나폴레옹은 밀라노에서 아내의 편지를 애타게 기다리며, 자신이 떠나 있는 사이에 그녀가 다른 남자를 만날 거라고 의심하면서 이렇게도 썼다.

> 나는 당신을 더는 사랑하지 않아. 당신을 증오해. 당신은 끔찍하고, 야비하고, 짐승 같은 나쁜 여자야. 당신은 나에게 편지를 전혀 쓰지 않았어. 당신은 남편을 사랑하지 않아. 당신은 남편에게 여섯 줄의 시를 쓰지도 않지. 얼마 안 있으면, 나는 꼭 할 거야. 당신을 내 팔에 꼭 안고 백만 번 뜨거운 키스를 퍼부을 거야. 적도처럼 타오르는 키스를.

마리 앙투아네트보다
더 많은 보석과 의상을 소유한 여인

조제핀은 1763년 카리브 해의 서인도제도 프랑스령 마르트니크Martinique 섬에서 농장 주인의 장녀로 태어났다. 1779년 부친과 함께 파리로 이주한 지 얼마 되지 않아 알렉상드르 보아르네 자작과 결혼했지만, 장군이었던 그는 프랑스혁명 와중인

1794년 처형되었다.

그녀도 잠깐 투옥되었지만 얼마 후 공포정치 시대가 끝나자 풀려나 파리 사교계에 진출하여 묘한 매력을 발산하는 요염하고 매혹적인 여인으로 이름을 날리기 시작했다. 1795년 나폴레옹을 처음 만났을 때 그녀는 서른두 살이었고, 유력한 프랑스 정치가의 정부였다. 나폴레옹은 그녀보다 여섯 살이나 어린 데다 키가 작고, 어떤 기준으로 봐도 품위가 있다거나 잘생겼다고 할 수는 없는 인물이었다.

하지만 혈기왕성한 청년은 연상의 여인과 대책 없는 사랑에 빠졌고, 그들은 1796년 결혼하기에 이르렀다. 나폴레옹은 3년 뒤인 1799년 쿠데타를 일으켰고, 이후 제1통령에 취임하여 실질적인 권력자가 되었다. 그의 나이 서른 살 때였다. 5년 뒤 그는 프랑스 원로원의 추대를 받아 황제 자리에 앉았다.

조제핀은 첫 남편과의 사이에는 자녀가 둘 있었지만 나폴레옹에게는 후계자를 낳아주지 못했고, 그것이 1810년 두 사람이 이혼하는 결정적 이유가 되었다.

말메종은 원래 조제핀이 구입한 저택이었다. 하지만 나폴레옹도 점점 애정을 느끼면서 서재를 꾸미고 막료들과 회의를 열 수 있는 방도 따로 꾸며 황제가 되기 전 얼마 동안 사용했다. 그러다 1802년부터 나폴레옹의 대외활동이 많아지면서 말메종은 조제핀만의 낙원이 되었다. 물론 남편의 지원을 넉넉히 받았다.

그녀는 저택 안에 식물원을 만들고, 강과 작은 폭포가 있는 정원을 꾸미고, 오스트레일리아와 미국에서 이국적인 식물을 들여왔다. 동물원을 만들어 캥거루, 얼룩말, 에뮤 등 야생동물을 들여오기도 했다.

하지만 이보다 더 많은 열정을 쏟아 부은 분야는 옷과 장신구 수집이었다. 조제핀은 사실 마리 앙투아네트보다 더 많은 보석과 장신구를 소유했고 옷장에는 다이아몬드, 루비, 에메랄드가 넘쳐났다고 한다.

하지만 그녀는 보석보다는 옷에 더 집착하는 편이었다. 당시 유행한 정교하고 목이 깊게 파인 드레스들은 그녀의 목선부터 가슴 위 쇄골까지를 그대로 드러내 보였다. 당시 나폴레옹의 화실 안에는 은색 시스 드레스를 입고 사파이어로 감싼 그녀의 초상화가 대관식 때의 옷차림을 한 황제 나폴레옹의 초상화 옆에 걸려 있었다.

일 년 동안 조제핀은 총 985개 장갑과 520켤레 신발, 그리고 136벌의 가운을 주문했는데, 대부분 자신이 기거하는 방의 데코레이션과 어울리도록 제작했다. 그중 일부는 지금도 말메종에 전시되어 있어 조제핀의 취향을 엿볼 수 있다. 샤토의 화려함은 베르사유 수준에는 훨씬 미치지 못한다. 이곳은 그리 위압적이지 않고, 무척 사적이며, 발끝으로 살금살금 걷지 않고 스스럼없이 걸어 다녀도 될 정도로 소박하다.

부드러운 분홍색과 녹색으로 꾸민 황후의 내실이 있고 황금색과 자주색으로 장식된 침실이 있는데 그 옆에 작은 침실이 하나 더 있다. 여기는 보석함들을 모셔놨던 방으로 한쪽의 창문에서 햇살이 가득 들어온다. 어쩌면 조제핀은 몸이 아플 때 이 방에서 휴식을 취하며 보석들을 살펴보곤 했을지 모른다.

나폴레옹이 조제핀을 떠나 열여덟 살밖에 되지 않은 오스트리아 대공비 마리 루이즈Marie Louise와 재혼했을 때도 조제핀의 사랑은 완전히 시들지 않았다. 그녀는 계속 말메종에 기거했는데, 나폴레옹의 운명이 급격히 기울기 시작하자 그에 대한 걱정으로 밤을 지새우며 한동안 그가 보내왔던 끈적끈적한 편지들을 읽고 또 읽으면서 망조가 든 그와의 관계를 한탄하기도 했다.

1814년 5월 어느 날, 그녀는 전부터 자주 찾아왔던 러시아의 차르 알렉산더 1세와 말메종의 장미 정원을 산책했고, 그만 감기에 걸리고 말았다. 그녀는 4일 후 폐렴 악화로 쉰한 살에 말메종의 침실에서 아들의 품에 안겨 죽었다. 1815년 나폴레옹은 엘바 섬 유배를 끝내고 파리에 도착했고, 이틀 후 말메종으로 달려왔다. 2층에 올라간 나폴레옹은 침실에서 한참 흐느꼈다.

14 일생에 한 번은 알자스의 와인 길을 걸어라

▲ 포도나무 밭을 가로지르는 리크위르의 와인 가도

모든 것이 풍부함으로 넘치는 알자스 와인 가도

프랑스 북동부에 위치한 알자스 지방은 북쪽으로는 독일, 남쪽으로는 스위스와 국경을 접하고 있다. 알자스에서 가장 먼저 떠오르는 것은 '와인 가도'지만, 이 길을 따라가는 경험을 할 때면 언제나 와인이 주인공이 아니라는 사실을 깨닫게 된다. 그 여행은 땅과 자연을 가까이하는 경험인 동시에, 유럽에서 가장 황홀한 풍경을 바라보며 역사의 발자취를 따라가는 역사 기행이 되기 때문이다.

그러다 보면 왼쪽의 보주 산맥과 동쪽의 라인 강 사이에 놓인 이 지역을 왜 그렇게도 많은 권력자가 서로 차지하려고 했는지 이해할 수 있다. 생각해보라. 독일은 지정학적 측면에서 전략상 매우 중요할뿐더러 눈이 시릴 정도로 아름다운 콜마르Colmar, 에기셍Eguisheim, 리크위르Riquewehr 같은 마을을 잃었다.

그뿐인가. 독일은 또한 알자스 지방에서 제일 높은 언덕에 있어서 군사 전략상으로 매우 중요한 중세의 요새 오쾨니스부르Haut Koenigsbourg 성도 잃었다. 이 모든 것이 프랑스에 돌아갔으니 독일로서는 속이 끓을 만하다.

알자스는 인간이 만든 것이건 자연이 만든 것이건 풍부함으로 넘친다. 특히 기후가 온화하여 와인을 비롯한 농산물과 목재가 풍부하다. 그중에서도 단연 제일로 치는 것은 와인으로, 알자스 와인 가도는 세계적인 명성을 얻고 있다.

와인 가도는 로제와인으로 유명한 마를렌하임Marlenheim에서 시작하여 남북으로 길게 뻗은 총 168km의 길이다. 왼쪽으로는 알자스의 중심도시 스트라스부르로 이어지고, 남쪽으로는 오베르네Obernai, 바르Barr를 거쳐 뮐루즈Mulhouse, 탄Thann까지 이어진다. 온통 초록빛으로 가득한 이 길은 란츠베르크Landsberg, 오르텐부르크Ortenbourg같이 비록 쇠락했지만 여전히 과거의 영광을 간직하고 있는 중세의 고성들과 갖가지 꽃이 만발한 작은 시골마을들을 지나간다.

한참을 가다 보면 프랑스다운 활기찬 아침 시장과도 만나게 된다. 시장에서는 9월이 제철인 '퀘치quetsche'라는 야생 자두가 가득 담긴 바구니가 보인다. 여행객들한테 단연 최고 인기를 구가하는 퀘치는 포도알보다 더 큰 보라색 과일로, 전 세계에서 알자스 단 한 곳에서만 자란다.

알자스의 와인 가도는 이 지역의 와인 생산지 1,000곳을 지나가게 된다. 이곳의 화이트와인은 생산지에 따라 맛이 많이 다르지만 매우 진하고 신선한 맛으로 유명하다. 이 지역의 포도들은 각기 다른 맛을 바탕으로 저마다 독특한 화이트와인의 재료가 되는데, 알자스 지방에서 가장 오래된 포도 품종인 리슬링Riesling, 진한 향의 피노 그리Pinot Gris, 게뷔르츠트라미너Gewurtz-traminer 등이 있다. 이들은 포도 품종 그대로의 이름을 단 와인으로 세계적인 명성을 쌓아가고 있다.

알자스 지방의 와인들 중 51종의 그랑 크뤼Grands Crus AOP는 특히 유명하다. 'AOPAppellation d'Origine Protégée'는 원산지 보호 명칭이라는 뜻으로, 여기에 하나의 와인이 반드시 테루아terroir의 기준에 부합한다는 뜻을 포함하고 있다.

그랑 크뤼는 국가가 관리하는 와인의 원산지 보호 명칭 관리 체계 아래에서 가장 높은 등급을 뜻하고, 테루아는 포도의 성장 과정에 영향을 주는 모든 자연환경을 일컫는 말이다. 알자스 지방의 경우에는 이 지역에서 생산된 와인 51종은 모든 기준을 통과한 일등 상품이라는 뜻이다. 세계의 많은 나라에서 와인을 생산하고, 그들 각자가 자기들이 제일이라고 말하지만 프랑스는 와인의 테루아에 대한 철학과 긍지가 대단하고, 알자스에서는 더욱 그렇다.

항상 그렇지만 알자스에도 공식적인 와인 투어가 있고, 비공식적인 와인 투어가 있다. 자동차로 가다가 이곳의 전체적 인상을 느끼고 밝은 크레용 색깔의 셔터로 덮인 목조 가옥과 마을의 전망대, 그리고 뾰족한 탑들을 구경하며 지나가도 된다.

와인 가도 중간에 비교적 작은 와인 트레일 50개가 따로 있는데, 대부분 한두 시간 정도면 포도원을 둘러보거나 와이너리를 구경할 수 있다. 이런 코스도 여유 있게 포도원을 둘러볼 수 있으니 좋기는 하지만, 걷기 여행을 할 때나 이동거리가 길 경

▲ 와인길을 따라 걸으며 볼 수 있는 알자스의 마을(상)
중세의 고성을 만나볼 수 있는 오르텐부르크의 와인 길(하)

우에는 투어 상품을 이용하기를 권한다.

여러 가지 이유가 있는데, 첫째는 길을 잃지 않는다. 둘째는 전문가가 어디로 어떻게 가야 할지 가르쳐주고 하루가 저물 때 호텔 까지 안내해준다. 셋째는 가이드를 신뢰하면 자유롭게 돌아보면서 내가 계획한 일정대로 될지 염려하지 않고 즐길 수 있다.

혼자보다는 친구들과 함께 와인 여행을 하는 것이 제일 좋을 것이다. 같이 있으면 편하고 즐거운 사람들, 고즈넉한 풍경을 감상하며 각자의 침묵을 존중할 줄 아는 사람들, 걷기를 좋아하는 친구들이라면 더할 나위 없을 것이다.

알자스는 와인에 대한 철학과 긍지로 더욱 빛난다

캐롤 갤러거는 사우스캐롤라이나에 사는 친구들과 엿새 동안 알자스 와인 투어를 했다. 그녀는 투어를 끝낸 후 저녁에 친구들과 웃으며 휴식할 수 있는 그 여행이 무척 좋았다고 말했다.

그녀는 어느 초가을의 알자스 와인 가도 여행을 행복한 표정으로 회상했다. 큰 짐은 이미 자동차 편으로 다음 숙소에 옮겨져 있으니 매일 작은 배낭 하나만 짊어지고 하루 11km에서 19km까지 걸었다. 평평하고 걷기 쉬운 길이었지만 너무 여유를 부릴 수는 없었다.

"매일 아침 같은 시간에 일어났어요. 아침식사를 하고 곧바로 걷기 시작했어요. 때로는 조용히, 때로는 계속 재미나게 수다를 떨면서, 그리고 공기와 햇살을 계속 느끼면서 걸었지요. 점심식사 후엔 잠깐 쉬면서 스트레칭을 하고, 다시 걷다가 오후 늦게 호텔에 도착해요. 그러면 이제 모두 함께 맥주 마실 시간이 기다리고 있죠."

그렇다! 알자스의 라거Lager 맥주가 있다. 효모가 맥주의 수면 위에 떠서 발효되는 에일Ale 맥주에 비해 라거 맥주는 효모가 바닥에 가라앉아 발효된다. 와인의 명성에 가려져 일반인은 자주 잊어버리곤 하지만, 이 지역의 황금색 라거 맥주는 수백년 역사를 자랑하며 알자스 사람들의 또 다른 자랑거리가 되고 있다. 이곳의 크로넨브르그Kronenbourg는 그중에서 제일 유명한 맥주로 1664년부터 생산해왔다.

캐롤은 여행의 처음과 끝을 미리 정해두었다. 첫날은 알자스에서 가장 로맨틱한 도시로 꼽히는 천년의 역사도시 콜마르에 가는 것이었고, 마지막 날에는 셀레스테Sélestat의 깔끔하게 재단장한 수도원을 방문하는 것이었다.

그사이에는 친구들과 함께 줄기차게 와인 가도를 걸으며 매력적인 와이너리가 눈에 띄면 발길을 옮겼다. 그들은 가끔 명상하듯이 침묵 속에서 걸었고, 또 가끔 활기차게 대화를 나누며 웃고 떠들었다. 다른 사람들은 별로 없었으니 조용하고 평화로운 분위기가 매우 좋았고, 저녁에는 깨끗하고 안락한 호텔이 기다리고 있으니 더욱 좋았다. 그녀는 말했다.

"시골길이 믿을 수 없을 정도로 우거져 있었어요. 그리고 우리 발밑에 아름다운 마을들이 그림처럼 펼쳐지곤 했죠. 포도밭들은 황금색으로 변해 있었어요. 소와 양이 풀을 뜯고, 말이 뛰어다니고, 작은 당나귀들도 있었죠. 황새도 참 많더군요."

황새는 이 지역의 마스코트라고 할 수 있는데, 지난 25년 동안 멸종되었다가 갖은 노력 끝에 가까스로 명물로 되살아났다. 이들은 날고 있을 때나 둥지에 앉아 있을 때나 그 특유의 자태 때문에 눈에 잘 띈다. 이 새들은 약간은 프랑스스럽고, 약간은 독일스러우며, 그리고 완전히 알자스스럽다.

랭스

15 샴페인의 폭죽이 유리천장을 뚫은 사연

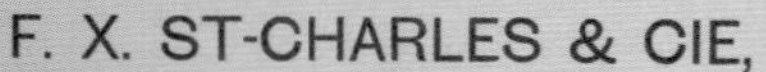

▲ 한 여인의 대담한 도전이 느껴지는 '뵈브 클리코'의 포스터(좌)
뵈브 클리코의 포도밭 모습(상)
트레이드 색상인 노란색 라벨(하)

유리천장이 발명되기도 전에 맨 처음 유리천장을 깬 여성

'뵈브 클리코Veuve Clicquot'라는, 채도가 높은 밝은 노란색 라벨은 와인 매장의 다른 평범한 와인들 사이에서 한껏 돋보이게 하는 신호등이고 명함과도 같다. 바로 그것이 이 브랜드의 이름을 붙인 사람의 노림수이기도 하다. 그 사람은 바로 '마담 뵈브 클리코'로 알려진 바브 니콜 퐁사르당Barbe Nicole Ponsardin이다.

와인 상품에 사상 처음으로 자기 이름을 붙인 이 여인은 1800년대 초반 미국으로 수출하는 병에 노란색 리본을 붙이면서 이런 생각을 했다. 내 제품이 어떻게 하면 튈 수 있을까? 액세서리를 붙이자. 약간 화려하게…….

오늘날 이 회사는 '팬톤 컬러PANTONE Color 137C'라는 트레이드마크 색상의 저작권을 갖고 있다. 이 색상은 '뵈브 클리코 옐로'라고도 불린다. 오늘날 많은 사람이 와인가게에서 시음을 할 때마다 병에 붙어 있는 밝고 환한 노란색을 볼 수 있다.

샴페인은 프랑스 북부의 작은 도시 '샹파뉴Champagne'의 영어식 발음이다. '뱅 드 샹파뉴vin de Champagne'가 샴페인의 정식 명칭으로, 샴페인은 이 지역에서 생산된 스파클링와인을 말한다.

샴페인은 발효를 끝낸 포도주를 병에 넣고, 설탕 시럽과 오래된 술의 혼합액인 리큐어liqueur를 첨가해서 마개와 철사로 단단히 고정한 후 저장고에 저장한다. 이 저장고를 '캬브cave'라고 한다.

그 뒤 병 안에서 2차 발효가 일어나는데, 이때 생긴 이산화탄소가 밀폐된 병 속의 술에 포화되어 발포성 술이 된다. 메종 뵈브 클리코의 거미줄처럼 복잡한 캬브로 내려가는 동안 보글보글한 거품 음료의 사업적 측면에 대해서도 배울 수 있었다.

그녀는 프랑스 북부의 종교도시 랭스에서 부유한 귀족 가문의 딸로 태어나 사업가 집안의 남자와 결혼했다. 남편이 하는 사업 중에는 그가 헌신적으로 돌보는 와인 사업도 있었다. 하지만 남편은 1805년 너무 일찍 세상을 떠났고, 스물일곱 살 젊은 여인은 어린 딸과 함께 흔들리는 사업체를 떠안아야 했다.

이때 그녀는 조용히 아이를 키우며 사는 대신 당시 여성들을 압도하던 관습과 고정관념을 깨고 직접 사업전선에 뛰어들 결심을 했다. 일반적인 상류층 여인들이 집안 문제로 골치를 앓거나 고급스러운 물품 구입에 열을 올릴 때, 그녀의 머리는 이제까지 어떤 여성도 하지 못한 일을 이루기 위해 바쁘게 돌아갔다.

나폴레옹 군대가 유럽을 정복하는 와중에 해외 비즈니스 통로를 엉망으로 망가뜨렸지만, 그녀는 자신의 경쟁력 있는 상품의 새로운 판로를 찾으려고 애를 썼다. 2009년 《미망인 클리코 The Widow Clicquot》라는 그녀의 전기를 펴낸 작가 틸라 마제오 Tilar J. Mazzeo는 이렇게 말했다.

"그녀는 유리천장이라는 것이 발명되기도 전에 유리천장을 깬 여성이다."

이 책에는 여성이 가정을 돌보거나 남편에게 기쁨을 주는 역할 외에 아무것도 할 수 없다고 믿었던 세상에서 뵈브 클리코가 어떻게 적극적으로 자기 삶을 헤쳐 나갔는지 자세히 담겨 있다.

200년 전 러시아 와인 시장을 석권한 비즈니스의 여왕

국제 무역 비즈니스를 성공적으로 이끈 역사상 최초의 여성 사업가 뵈브 클리코는 남편과 사별한 후 엉망이 된 사업체를 일으켜 세우기 위해 거의 죽기 아니면 살기로 사업에 몰두했다.

그때 그녀가 주목한 상품이 바로 샴페인이었다. 기회는 위기에서 찾아왔다. 1813년 1월, 나폴레옹의 모스크바 침공이 실패로 돌아가고 전쟁이 끝나자 러시아가 프랑스 상품의 수입 창구를 봉쇄해버렸다. 뵈브 클리코한테는 엄청난 시장을 한순간에 잃어버린 대사건이었다.

뵈브 클리코는 실망하기는커녕 도전할 기회로 삼고 러시아 시장을 뚫을 수 있는 항구 하나를 찾아낸 뒤 1811년 생산된 최고급 빈티지와인 1만 550병을 당시 러시아 왕궁이 있던 상트페테르부르크로 들여보내는 모험을 했다. 그녀는 자신의 상품이 알렉산더 황제의 입맛을 사로잡으리라고 확신했다.

그녀의 도전은 응답을 받았다. 도수가 높은 보드카밖에 없는 러시아 땅에서 그녀의 부드럽고 달콤한 와인은 황제뿐만 아니라 상류 계급, 심지어 여성들에게도 급속히 퍼져나갔다. 그로부터 50년 동안 러시아에서는 그녀가 만든 특별한 와인이 왕들의 친구가 되었다. 그러자 일반인들에게도 입소문이 퍼지기 시작했고, 마침내 러시아 시장을 독점하기에 이르렀다. 거기엔 그녀가 열정을 담아서 만드는 샴페인이 포함되어 있었다.

뵈브 클리코의 저장고는 고대 로마시대부터 연결되어 있는 400개가 넘는 지하 석회석 채석장으로, 무려 26km 길이로 서로 얽혀 퍼져 있다. 바로 이곳에서 그녀는 뵈브 클리코만의 특별한 발포성 와인을 만들어냈다.

샴페인에서 독특한 맛과 향이 나는 것은 샴페인을 잔에 따랐을 때 순간적으로 터져 나오는 1,000만 개에 달하는 기포 때문이다. 그녀는 일찍이 이런 사실을 간파하고 더 많은 기포로 샴페인이 크리스털처럼 깨끗해질 수 있도록 만들었다.

와인을 만들 때 여러 품종을 혼합하는 블랜딩 기법을 '아상블라주assemblage'라고 하는데, 최근의 로제 샴페인 생산 방식에도 200년 전 그녀가 창안한 아이디어가 들어가 있다. 당시까지만 해도 포도의 진한 색 껍질은 살짝 뭉갰다가 남겨서 발포 중 맑은 즙을 물들이는 데 썼다. 하지만 그녀는 이 맛에 만족하지 않고 붉은 포도를 천천히 눌러서 따로 분리함으로써 레드와인과 화이트와인을 블랜딩했다. 그 결과 태어난 것이 분홍색 와인이다.

나는 시음을 위한 방에서 두 가지 로제와인 샘플을 맛볼 수 있었다. 그중 스트로베리와 레드 커런트 향이 살짝 가미된 것이 훨씬 더 인상적이었는데, 깊고 은은한 뒷맛이 성숙한 여인을 위한 와인이라는 생각이 들게 해주었다.

샴페인은 여성성이 함축되어 있는 술이다. 샴페인은 꽃이나 다이아몬드와 가장 잘 어울리는 짝이니 말이다. 샴페인은 황제들의 와인이자 승리를 축하하는 병사들의 와인이다. 또한 샴페인은 신부의 와인이자 이제 막 부모가 된 어른들의 와인이다.

오늘날 우리는 무슨 일이든 축하할 일이 있으면 샴페인을 터뜨리는데, 이런 일이 200년 전 젊은 미망인 뵈브 클리코의 대담한 도전이 있었기에 가능했다는 사실을 알면 맛을 느끼는 의미가 조금은 다르지 않을까 싶다.

부르고뉴

16 와인에 흐르는 부르고뉴 여인들 이야기

▲ 부르고뉴 포도밭 입구

남자의 전유물이었던 와인의 세계에 도전하다

어느 토요일 아침, 나를 태운 검은색 SUV 자동차가 드넓게 펼쳐진 포도밭 사이의 좁은 길을 흙탕물을 튀기며 달렸다. 자동차는 부르고뉴 지방에서도 가장 유명한 와인 산지가 모여 있는 '그랑 크뤼 루트grand cru route'를 달렸다. 그랑 크뤼는 특급 와인을 생산하는 와이너리나 특급 와인에 부여되는 명칭으로, 그랑 크뤼 루트는 그런 지역의 와인 투어 루트를 말한다.

자동차가 부르고뉴의 와인 중심지 남쪽에 있는 코트 드 본 지역에서 가장 큰 포도밭인 아베이 드 모르지오Abbaye de Morgeot 앞에 서자, 이곳 주인인 아멜리에 맥마혼Amélie de Mac-Mahon 여사가 나를 맞으러 나왔다.

풍성한 금발인 그녀는 비록 헐렁한 바지에 얼룩덜룩한 낡은 부츠를 신었지만, 그녀가 살고 있는 샤토 드 쉴리의 르네상스식 정원은 프랑스에서 세련되고 아름다운 정원의 하나로 꼽힐 만큼 유명하다.

그녀는 나에게 자신의 포도원을 보여주기 위해 직접 마중 나온 것이었다. 아베이 드 모르지오는 1100년대부터 시토회 수도사들이 수도원 주변에 포도나무를 심고 와인을 만들어온 역사와 전통을 자랑하는 곳이다. 그녀는 이 포도원의 관리자이자 여덟 가지 와인을 생산하는 와인회사의 CEO이기도 하다.

그녀는 부르고뉴 여성 와인 기업주들의 모임인 '팜므 에 방드 부르고뉴Femmes et Vins de Bourgogne'의 회원이기도 하다. 현재 이 모임엔 스물한 살에서 예순 살 사이의 능력 있는 여성 사업가 31명이 가입되어 있는데 미리 약속하면 누구든 만날 수 있다.

이 모임은 2000년에 출범했다. 단순히 직업이 같은 여성들의 친목모임이 아니라 사업을 성공적으로 이끌고 최고 와인을 만들겠다는 목표를 공유하자는 취지로 결성된, 프랑스에서 가장 실력 있는 와인 전문가들의 모임이다.

와인은 누가 만들어왔을까? 로마시대 와인 제조업자들은 물론이고 부르고뉴에 정착해서 토양과 일조량에 따라 이곳 땅을 수천 개 작은 규모의 밭으로 나누어 경작한 성직자들과 부르고뉴의 공작들, 그리고 얼마 전까지 와인업계에서 주축으로 일한 사람들은 모두 남성이었다. 여자가 와인회사를 이끌어가는 경우가 지금도 매우 드문 일이기에 여성들 간의 연대와 지지는 무척 중요한 의미가 있다.

"남편이 세상을 떠나고 하루아침에 이 모든 책임을 떠맡게 되었죠. 모르는 게 한두 가지가 아니었어요."

아멜리에 여사는 2002년부터 사업을 이어받아 포도원을 운영하고 있는데 여성 와인 기업주들의 모임이 자신에게 매우 중요한 역할을 한다고 말했다.

"어쨌든 우리는 여자잖아요. 본능을 무시할 수 없죠. 우리는 서로 포도와 와인을 돌보고 보살펴줘야 해요. 포도가 우리 자식이거든요."

프랑스에서 와인을 생산하는 대표적인 두 곳인 보르도 지방과 부르고뉴 지방의 차이는 무엇일까? 보르도 지방에서는 하나의 샤토를 중심으로 굉장히 규모가 큰 포도원을 이루지만, 부르고뉴 지방에서는 포도밭이 작은 단위의 땅들로 나뉘어 있다.

또한 보르도에서는 여러 품종을 섞어 와인을 만들지만 부르고뉴에서는 화이트와인은 주로 '샤도네이Chardonnay'라는 단일 품종으로 만들고, 레드와인은 '피노 누아Pinot Noir'로만 만든다. 그렇기 때문에 경작지와 경작 방법에 따라 맛이 현격하게 달라질 수 있는데, 이는 제조업자에 따라 포도주 품질이 달라지고 그만큼 전문적 기술이 요구된다는 뜻이다.

우아하고 섬세하며 강렬한, 그러나 압도하지 않는

부르고뉴 지방의 여성 와인 생산자들은 한 군데 모여 있는 것이 아니라 부르고뉴 지방 곳곳에 흩어져 있다. 부르고뉴의 와인 산지는 북부의 샤블리와 그랑 옥세로이, 중부 지역의 코트 드 뉘와 코트 드 본, 그리고 남부 지역의 코트 샬로네즈의 마코네까지 광활하게 펼쳐져 있다.

'팜므 에 방 드 부르고뉴' 회원들은 대대로 와인을 경작해온 와인 가문의 후손들이다. 아멜리에 여사의 집안 또한 7대째 와인을 생산해오고 있다. 그녀는 파리에서 경영학을 공부하고 한때는 기업체 홍보 담당자로 일하다가 지금의 포도원을 경영하게 되었다. 그녀는 팜므 에 방 드 부르고뉴에 대해 이렇게 설명했다.

"우리 어머니 세대까지는 그저 열심히 일만 했을 뿐 직접 비즈니스에 뛰어들지는 않았어요. 우리 목표는 성공한 여성사업가가 되는 게 아니에요. 우리는 단지 최고 품질의 와인을 만들고 싶다는 열망뿐입니다. 그런 열망이 사업으로 이어지는 가장 확실한 지름길이란 걸 우리는 잘 알고 있답니다."

이 모임은 단순히 포도원 경영만 하는 것이 아니라 외부 사람들을 위한 와인 견학이나 투어 프로그램을 운영한다. 이 프로그램에는 프랑스뿐만 아니라 세계 각지에서 참여자들이 몰려든다. 모임에서는 홍보 담당자를 따로 두고 프로그램 참여자들에게 와인에 관한 모든 것을 친절히 설명해준다.

그녀의 포도밭에서 남쪽으로 자동차로 15분 정도 내려가면 부르고뉴의 와인 명가 그로 가문의 포도원인 '도멘 안느 그로 Domaine Anne Gros'가 나온다. 이곳에서는 부르고뉴에서 가장 유명한 그랑 크뤼 와인을 생산한다. 한마디 덧붙이면 보르도 지방에서는 포도밭과 양조장을 '샤토'라고 하고, 부르고뉴 지방에서는 '도멘'이라고 한다.

부르고뉴 지역에서 또 하나의 유명한 포도원인 '본 로마네 도멘Vosne Romanée Domaine'도 가보았다. 6대째 와인 메이커 집안의 외동딸인 여주인은 본에서 포도재배학을 공부하고 1988년 가업을 물려받아 지금에 이르고 있다. 그녀가 만드는 그랑 크뤼급 레드와인 '에세조Echézeaux'는 한 병에 무려 175달러에 팔린다.

그날 나는 아멜리에 여사의 숙소인 '라 콜롬비에르'에서 묵었다. 이튿날 그녀의 동료인 에스텔라 프루니에Estelle Prunier 여사가 5대째 와인을 만들고 있는 포도원에도 가보았다. 그녀는 아버지와 함께 드넓은 포도밭을 관리하면서 1년에 3만 9,000병에 달하는 레드, 화이트, 스파클링 와인을 생산한다.

그녀가 나를 와인 셀러로 데리고 가서 테루아와 침용 추출 과정, 그리고 토양과 일조량에 대해 설명해주었다. 이들은 사업가이기도 하지만, 그 이전에 뛰어난 농부이자 과학자들이었다. 생물학부터 기후학까지 포도와 관련된 모든 분야에 대해 모르는 것이 없는 능력이 바로 남성들의 전유물이었던 와인 세계에서 그녀들이 우뚝 서게 만든 바탕이 되었을 것이다.

나는 그녀들과 함께하면서 끊임없이 떠올랐던 형용사들을 생각해보았다. 균형이 뛰어난, 복합적인, 섬세한, 우아한, 미묘한, 충실한, 강렬하지만 압도하지는 않는, 깊이 있는, 풍미가 넘치는……. 나는 이 단어들을 모두 다 사용하여 부르고뉴의 여성 와인 생산자들을 묘사하고 싶었다.

17 퐁피두 센터에 스민 페미니즘

▲ 니키 드 생 팔르의 조각 작품들과 스트라빈스키 분수

퐁피두 센터 꼭대기에서 광장을 내려다보다

조르주 퐁피두 센터Centre Georges Pompidou로 간다면 먼저 밖에서 이 건물 자체를 감상한 다음 건물 안에 있는 국립 현대미술관을 찾게 될 것이다. 하지만 이 근방에서 가봐야 할 목적지 두 곳이 따로 있다. 둘 다 박물관 바로 앞의 보부르Beaubourg 광장에 있지만 느낌은 사뭇 다르다.

하나는 니키 드 생 팔르Niki de Saint Phalle와 장 팅겔리Jean Tinguely의 '스트라빈스키 분수La Fontaine Stravinsky'이고 다른 하나는 '아틀리에 브랑쿠시Atelier Brâncusi'다. 전자는 화사한 색감과 생명력과 유쾌함이 빛나고, 후자는 차분한 단색에 정적이고 고요한 느낌이 좋다.

그 근처에서 산 적이 있는데 그때는 20세기 후반을 화려하게 장식했다는 말을 듣는 니키 드 생 팔르의 조각 작품들과 커다란 입술과 심장, 알록달록한 원색이 약간은 시시하고 유치하다고 생각했다.

하지만 그때 10대이던 내 딸은 여기가 파리에서 가장 좋아하는 장소라고 했고, 이때부터 나도 조금 더 진지한 관점에서 보게 되었다. 그러다 나는 이 조각 작품이 그저 가벼운 눈요깃거리 이상이며, 이 예술가는 페미니스트이자 여성 예술가의 아이콘이었다는 사실을 알게 되었다.

일단 기억에 남을 첫인상을 만들기 위해서는 퐁피두센터 꼭대기 층의 레스토랑에서 이 분수를 바라보는 것이 좋다. 분수 옆에 앉아서 보면 그 조각들이 브런치나 칵테일을 하러 몰려든 사람들의 단편적인 배경으로 보이지만, 이렇게 높은 곳에서 내려다보면 통일성을 지닌 하나의 작품으로 보인다.

니키 드 생 팔르는 부유한 귀족인 프랑스 아버지와 미국인 어머니 사이에 파리에서 출생해 뉴욕에서 자랐다. 탁월한 미모로 뉴욕에서는 모델 활동을 하며 〈보그Vogue〉와 〈엘르ELLE〉의 커버에 실리기도 했다.

그 뒤 파리로 돌아와 예술가로서 재능을 꽃피우기 시작했고, 스위스 출신으로 남편이 될, '키네틱 아티스트'로 활동하던 장 팅겔리Jean Tinguely와 친분을 쌓게 되었다. 키네틱 아트kinetic art는 작품 자체가 움직이거나 작품에 움직이는 부분을 넣은 예술 행위를 말하는데, 대부분 작품은 조각이 바탕을 이룬다.

두 사람의 예술세계는 1960년대에 프랑스를 중심으로 일어난 전위 미술운동인 누보 레알리즘Nouveau Réalisme과 딱 들어맞았다. 그녀의 초기 작품은 주로 여성과 출산을 주제로 했고, 이 주제는 그녀의 작품 안에서 계속 반복되거나 변주되었다.

기계 응용에 관심이 많았던 장 팅겔리와 스페인 건축가 안토니오 가우디Antonio Gaudi에게 영감을 얻은 드 생 팔르는 각자의 커리어에 따라 활동했고, 스튜디오 활동도 따로 하는 등 개별적인 미학을 추구했다.

하지만 두 사람은 로댕과 카미유 클로델처럼 불안하고 파괴적인 관계가 아니라 상호 보완하면서 20여 년 결혼생활 동안 많은 콜라보 프로젝트를 제작했다. 그중 하나가 바로 보부르 광장에 있는 '스트라빈스키 분수'다. 그들의 공동 제작으로 색감이 밝고 만화 같은 형태인 조각이 돋보인다.

장 팅겔리는 스위스 바젤에 있는 팅겔리 분수를 완성한 후 극찬을 받고 이 프로젝트의 의뢰를 받게 되었다. 이에 그는 아내의 예술에서 가장 특징적 부분인 오색 빛깔과 풍만한 형태를 분수의 중심에 놓고, 아내 이름을 붙이게 해달라고 요청했다.

그들의 작품은 파리에서 매우 독특한 건물로 평가받는 퐁피두센터 옆에 설치되었다. 그건 사실 너무나 당연한 결정이었다. 지구상에서 가장 동질하고 균일한 모습으로 유지되어온 이 도시에 들어선 매우 엉뚱하고 발랄한 건물 옆에 놓일 분수는 과장된 것일수록 좋을 테니 말이다.

파리 시내 한가운데 놓인 고요한 바다

니키 드 생 팔르는 1960년대 초반에 이미 물감주머니를 총으로 쏘아 무작위적 추상화를 연출하는 실험 예술을 할 정도로 시대를 앞서간 여성이었다. 30대 때는 규모가 큰 콘크리트 구조물 작업을 시작했는데, 그중 가장 널리 알려진 작품은 대담한 색깔에 풍만한 여인 형상인 '나나Nana' 연작이다. 여기서 그녀는 한껏 부풀어 오른 몸매와 건강한 생명력으로 여성이 생식의 중심이며 에너지라는 사실을 나타냈다.

이후 그녀는 이 작품을 더 거대하게 만들어 그 안에 유원지 같은 환경을 설계하기도 했는데 대단히 아방가르드하면서도 순수함이 엿보였고, 구속에서 벗어나 낙천적으로 기쁨을 표현하는 모습을 보여주었다.

1983년에 움직임을 더 쉽게 해주는 유리섬유로 만든 조각들이 파리의 분수에 놓였고, 대중예술은 또 한 번 전환기를 맞는다. 그녀는 스트라빈스키Igor Stravinsky의 〈봄의 제전〉을 주제로 다산성, 모더니티, 당당한 여성성을 자축하는 작품을 만들었다.

하지만 이 작품은 그저 밝기만 한 게 아니라 기본적으로는 팅겔리의 어두운 메탈의 역동적 프레임이라는 맥락 안에서 이루어진다. 색감과 형태가 전부가 아니다. 이 조각들은 인체의 모든 구멍과 해부학상 흥미롭고 엉뚱한 지점에서 물을 뿜어낸다.

그래서 이 분수를 보고 있으면 언제나 들뜬다. 대부분 도시 안의 분수처럼 우리를 조용히 감싸주고 자장가를 불러주는 것이 아니라 모든 감각을 깨어나게 한다.

스트라빈스키 분수가 우리 눈을 사로잡기에 너무 쉽다면, 근

▲ 독일 하노버에 있는 〈나나〉 연작들

처에 있는 빌딩인 아틀리에 브랑쿠시는 그냥 지나쳐 버리기가 너무 쉽다. 하지만 이곳에 들어간다는 것은 곧 고상하고 심원한 우주로 들어가는 것이라고 생각한다.

나는 종종 조각가인 남편과 이 평화로운 섬을 방문하곤 한다. 남편은 이곳에 20세기 초반의 뛰어난 조각과 오브제가 모두 모여 있다고 말했다. 모든 작품의 창작자는 단 한 사람, 루마니아 태생의 전위예술가 콘스탄틴 브랑쿠시Constantin Brâncusi다.

아틀리에 브랑쿠시는 그의 스튜디오 복사품과 같다. 1957년 사망하기 전까지 그가 50년 동안 살았던 파리 15구의 원래 작업실 사진을 보고 그대로 복원했기 때문이다. 그는 자신의 모든 재산과 작품을 프랑스에 기증했고, 40년 후 이탈리아 건축가 렌조 피아노Renzo Piano가 퐁피두센터 바로 옆에 건축했다.

이 아틀리에 안에는 그의 작품들과 그가 쓰던 도구들이 거의 다 있다. 그가 쓰던 방 구조 또한 변한 것 없이 그대로인데, 이는 그가 자신의 작품을 따로따로 보기보다는 자신이 직접 배열한 순서 안에서 이해하는 편이 낫다고 생각했기 때문이다.

이 미술관은 천장을 통해 들어오는 자연 채광 덕에 파리 시내 한가운데 놓인 고요한 바다처럼 여겨진다. 이곳에는 그의 대표작과 함께 작품에 대한 연구논문들도 볼 수 있다. 이곳에서 우리는 그가 완성한 예술작품뿐만 아니라 위대한 예술가의 작업 방식을 살짝 엿보고, 그가 마법을 부리는 환경도 구경하게 된다.

간결함과 단순화로 센슈얼하고 여성스러우며 모성을 떠올리게 하는 작품들을 창조한 그의 조각들은 여성의 근본적인 몸에 대한 깊은 이해와 탐구를 보여준다. 어쩌면 내가 여성이기 때문에 이 공간에 있는 작품의 곡선과 질감이 이다지도 가깝게 다가오는 것인지도 모르겠다. 여자의 육체를 그저 재생산하는 게 아니라 깊이 이해하고자 했던 예술가의 의지가 그대로 느껴진다.

노르망디

18 낡은 벽걸이가 뜻밖에 나를 울리다

▲ 바이외 시립도서관의 외관(상)
11세기 역사를 고스란히 담은 태피스트리(하)

노르망디의 치열한 전쟁 역사를 담은 소중한 유물

'바이외 태피스트리Bayeux Tapestry'는 그저 단순한 자수 작품이 아니다. 노르망디 지역의 작은 도시 바이외 시립도서관에 소장된 70m 길이의 이 자수직물 벽걸이는 11세기에 만들어진 것으로, 역사상 가장 걸출한 스토리보드이고 세계에서 제일 훌륭한 연재만화다.

사실 나는 이런 눅눅하고 오래된 벽걸이를 보러 간다는 사실이 별로 내키지 않았다. 하지만 이 작품을 감상하는 일이 고행이 아니라 일생에 몇 안 되는 특별한 경험이라고 강조하는 친구가 잡아끄는 바람에 억지로 가게 되었다.

그러나 그날 나는 천천히 걸으며 그 안에 담긴 내러티브를 보면서 너무 감동한 나머지 하마터면 눈물을 흘릴 뻔했다. 아! 이런 거였구나. 나는 겸손해졌고, 많이 부끄러웠다.

이렇게 상상해보자. 11세기에 전쟁이 일어났고, 그 전쟁의 모든 역사를 기록하기 위해 인간이 바늘과 무거운 모직 실을 들고 손으로 한 땀 한 땀 짰다. 전투 장면과 군인들 모습을 모두 손수 자수로 짠 것이다. 그것이 바로 바이외 태피스트리다.

이제는 이것을 상상해보자. 350kg이 나가는 이 무거운 캔버스가 12세기의 화재와 자연재해에서도 살아남고 돌돌 말린 채 전국을 떠돌며 이곳저곳에 보관되다가 때로는 마차의 커버로 사용되기도 하고 조각조각 잘려서 어느 마을 축제의 장식용 차량에 쓰일 뻔하기도 했다.

그러다 단단히 말려서 원통 두 개 속에 들어가 있다가 제2차 세계대전 때는 나치의 침략을 피해 루브르 박물관에 꽁꽁 숨겨져 있기도 했다. 이렇듯 고난과 역경의 세월을 지나왔음에도 오늘날 이 태피스트리는 거의 완벽한 상태로 보존되어 노르망디의 작은 도시 바이외에서 사람들을 만나고 있다.

노르망디의 바이외는 정복자 윌리엄의 땅이었다. 여기서 30분 거리에 그의 화려한 묘지가 있고, 이 안에는 사촌과 결혼한 죄를 속죄하려고 지은 로마네스크 수도원이 두 채 있다. 하나는 남편, 하나는 아내를 위한 것이다.

바이외 태피스트리는 조명이 부드러운 U자 모양 갤러리의 유리 안에 전시되어 있다. 1066년 노르만족이 정복하기 전 2년 동안의 역사를 기록한 것으로, 전체 줄거리는 이렇다.

평생 항상 참회하며 성자처럼 살았다 하여 '참회왕'이라 불린 영국의 왕 에드워드는 후손이 없어 바이킹 정복자의 후손이자 사촌인 노르망디의 공작 윌리엄에게 왕권을 넘겨주기로 약속한 바 있었다. 엄청난 거구였던 윌리엄은 기독교 왕국에서 거친 지도자 중 하나로 매사에 자신만만하고 폭력적이었다. 1035년 여덟 살 어린 나이에 왕위에 오른 그는 수없이 일어나는 반란과 봉기를 누르고 살아남아 1060년 온 나라를 지배하게 되었다.

1064년 잉글랜드의 에드워드왕은 매제인 해럴드를 노르망디에 보내 윌리엄에게 잉글랜드의 왕위를 물려받게 될 거라는 말을 전하라고 일렀다. 해럴드는 충성을 맹세했지만, 얼마 뒤 에드워드가 죽자 자기가 재빨리 그 자리를 차지하면서 약속을 저버렸다. 이 소식을 들은 윌리엄은 자기에게 원래 약속된 것을 찾으려고 병력을 모았다. 그의 군대는 잉글랜드를 침략했고, 1066년 10월 헤이스팅스 전투에서 해럴드를 격퇴했다. 이로써 윌리엄은 잉글랜드의 왕이 되었고, 해협 사이의 강력한 충성과 동맹은 노르망디공국을 프랑스의 왕국에 흡수되는 1204년까지 존재하게 만들었다.

70개 장면으로 구성된 거대한 예술품

바이외 태피스트리에서 이 이야기는 시간 순서대로 한 편의 영화처럼 실감나게 상영되고, 갈수록 긴장감도 고조된다. 때문에 이 태피스트리는 노르만 정복의 역사적 사료로 중요하다. 생생한 전투 광경도 인상적이지만 미학적 관점에서 꼼꼼한 바느질을 예술의 경지로 끌어올린 장인의 솜씨에 경탄할 수밖에 없다.

주로 테라코타, 청록색, 금색, 올리브그린, 파란색의 다섯 가지 색상이 번갈아가며 사용되었는데 가끔 검은색과 청색, 그리

▲ 헤이스팅스 전투 격전지(상)
노르망디에서 일어난 역사적 사건을 자수로 담아낸 뵈이유 태피스트리의 장면들(하)

고 회녹색이 들어갔다. 인간의 얼굴과 손은 아웃라인만 묘사되어 있지만 매우 정확하고 예술적이어서 좀 더 가까이 다가가 얼굴 표정을 살펴보면 얼굴마다 찡그림, 놀람, 냉소, 분노, 집념이 묘사되어 있어 그 섬세함에 놀라게 된다.

저녁식사 테이블에 남자들이 마주 앉은 모습은 차분해 보이고, 원래 자기 자리로 가려는 윌리엄의 굳은 의지를 나타낸 얼굴은 가장 최소한의 바느질만으로 표현되어 있다. 그런 가운데 군인들이 입은 갑옷, 망토, 튜닉이 그림자와 천의 움직임까지 자수로 표현되어 있어 사진처럼 생생하다.

해럴드가 아픈 에드워드왕을 방문하고 난 후 유언을 전하려고 노르망디에 가는 시작 장면부터 흥미진진하다. 70개 장면으로 구성된 이 이야기는 언제나 그다음 이야기를 궁금하게 하고 마음을 사로잡아 마치 훌륭한 액션 드라마처럼 스릴이 넘친다.

쟁기를 끄는 남자들, 말을 타거나 시골길을 행군하는 병사들, 바다에 떠 있는 배, 마차와 카트, 방패, 칼, 클럽, 곤봉을 휘두르는 군인들이 모두 이야기를 이루며 절정을 향해 간다. 그러다 마지막으로 향하는데, 윌리엄이 군대를 끌고 배에 올라 찬탈자 해럴드에게 복수하러 떠나는 그림이다.

누가 언제 이 태피스트리를 제작했는지는 여전히 연구와 조사가 진행되고 있다. 그러나 디자인은 남자들이 하고, 앵글로색슨계 여성들이 팀을 이뤄 장인의 지도로 작업했다는 것이 정설이다.

이 여성들의 놀라운 바느질 기술은 예술적 작품을 남겨주었지만 안타깝게도, 또 어쩌면 다행스럽게도 이 이야기 안에서 여성은 총 626명 중 3명밖에 없다.

첫 번째는 에드워드왕의 아내인 이디스로 추정되고, 두 번째는 아이의 손을 잡고 헤이스팅스의 불타는 건물에서 도망치는 여인이며, 세 번째는 성직자가 머리를 만지는 한 여인이다.

세 번째 장면은 지난 몇백 년 동안 역사가들을 미궁에 빠뜨렸다. 바로 아래쪽에 벌거벗은 남성이 웅크리고 있기 때문이다. 장인들이 장난으로 그린 야한 그림일지도 모르지만, 분명 미묘한 분위기가 있으며 약간 섹스 스캔들을 암시하는 듯하다.

내가 이곳에 두 번째 갔을 때, 캔버스 가장자리에서 여자를 두 명 더 발견했다. 둘 다 나체인데, 남자를 보고 움찔하는 표정을 짓고 있다. 첫 번째 여자는 해럴드가 윌리엄에게 가는 장면 아래에 있고, 두 번째 여자는 윌리엄이 헤이스팅스 전투를 위해 떠나는 장면 위에 있다.

아무리 이 그림이 비유적이고 주요 이야기와 관계가 없다 해도 전쟁의 대가를 생각할 때 이 그림이 의미하는 바는 크다고 할 수 있다. 그로부터 한참 세월이 흐른 뒤 엄청난 대가를 치른 전쟁이 다시 한 번 극단적인 방식으로 바로 이곳 노르망디에서 벌어졌기 때문이다(노르망디 상륙 작전). 제2차 세계대전이 막바지로 치닫던 1944년 6월이었다.

PART

4

현재 주어진 것보다 다른 삶을 찾고 싶다면

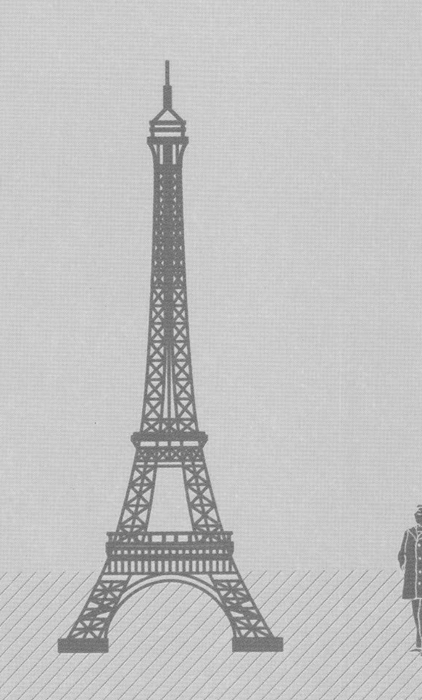

19 로댕의 연인보다는 미친 사랑과 예술혼의 이름으로

▲ 로댕 미술관의 풍경(상)
카미유 클로델의 〈샤쿤탈라, 1905〉(좌), 오귀스트 로댕의 〈생각하는 사람, 1902〉(우)

로댕과 카미유 클로델의 사랑과 예술이 숨 쉬는 곳

프랑스에 머물 때 날씨만 허락한다면 나는 로댕 미술관의 조각 정원을 찾곤 한다. 파리 7구에 있는 초록빛의 이 고요한 정원은 파리지앵에게 도심 속의 쉼터 역할을 하는 곳으로, 굉장히 넓고 고급스러우면서도 마음을 차분히 달래줘서 마치 친한 친구가 소유한 고성의 뒤뜰 같은 느낌이 든다.

오귀스트 로댕Auguste Rodin은 근대 조각의 시조라 불리는 위대한 조각가로, 미켈란젤로Michelangelo 이후 최대 거장이라는 말을 듣는 인물이다. 〈지옥의 문〉, 〈칼레의 시민〉, 〈생각하는 사람〉, 〈클레망소〉 등 많은 작품을 남겼고, 그 작품 대부분이 로댕 미술관에 소장되어 있다.

이 근처에 있는 직장에 다니던 시절, 나는 가끔 책 한 권과 샌드위치를 들고 네모반듯한 잔디길과 중앙의 커다란 분수 사이에 자리를 잡은 뒤 곁에 있는 로댕의 작품을 친구 삼아 평화로운 점심시간을 즐기곤 했다. 그러다 사무실로 돌아가기 전에 미술관 안에도 들어가 어슬렁거려보곤 했다. 기업체 홍보담당자인 친구는 파리에 머물 때 어떻게든 시간을 내어 거의 종교시설을 찾듯이 가던 장소가 바로 이곳이었다고 말했다.

“아주 친밀하고 개인적인 공간이야. 마치 다른 시대로 이동한 것 같다고 할까? 어떨 때는 로댕이 직접 나와서 팔을 벌리고 손님들을 반겨줄 것만 같았거든!"

이 미술관은 파리에서 가장 고풍스러운 비롱 호텔De Biron Hôtel 안에 있다. 로댕은 이곳에서 말년을 보냈고, 이곳에 미술관을 개설한다는 조건으로 자신의 방대한 작품을 기증했다.

내가 이곳을 즐겨 가는 것은 시대를 풍미했던 한 예술가의 기량과 명성을 확인하기 위해서만은 아니다. 그런 것은 다른 곳에도 얼마든지 있다. 가령 파리 외곽 뫼동Meudon에 있는 로댕의 저택은 그를 사랑하는 사람이라면 반드시 찾는 순례지와 같은 곳으로, 온전히 로댕이 주인공인 공간이다.

하지만 로댕 미술관에는 보너스가 하나 더 있다. 바로 카미유 클로델Camille Claudel의 예술적 열정에 경의를 표하고, 그녀의 강렬하고도 비통한 삶을 찬찬히 사색해볼 수 있는 기회를 얻는 일이다. 카미유 클로델의 삶은 여러 차례 영화로도 만들어졌는데, 천재성과 광기와 정신병을 모두 가지고 있던 그녀의 격정적 삶이 드라마에 적합했기 때문이다.

20세기 중반에서 후반까지의 모든 예술세계는 남성들만의 전유물이었다. 특히 거칠고 강도 높은 신체적 노동이 요구되는 조각 분야는 더욱 그랬다. 하지만 카미유 클로델은 이 분야에서 그 어떤 남성 조각가보다도 독보적인 존재로 명성을 날렸다.

그녀를 단순히 모델이나 뮤즈 혹은 조수이자 연인으로 두려고 했던 강력한 카리스마의 소유자 로댕의 그늘 아래서, 카미유는 탁월하고 호소력 있는 자기만의 예술세계를 선보였다.

끝내 비극으로 끝난
카미유 클로델의 홀로서기

카미유의 예술을 말할 때 우리는 사제관계라는 로댕과의 인연을 떼어놓을 수 없다. 이미 10대 때부터 천재적 예술가 자질을 보였던 그녀가 열여덟 살이던 1882년, 한 친척이 그녀보다 스물네 살 연상인 로댕을 소개해주었다.

카미유는 그때 이미 타의 추종을 불허하는 미인이었기에 뭇 사내의 시선을 한 몸에 받고 있었다. 여기다 탁월한 조각 실력에 지성미까지 갖추고 있던 카미유는 즉시 당대 최고 거장과 예술적 영감을 주고받으며 스승이 세기의 작품을 일궈내는 데 큰 기여를 했다.

두 사람은 곧 사제관계에서 연인관계로 발전했다. 당시 로댕에게는 법적인 아내가 있었지만, 그는 아내와 이혼하고 카미유와 결혼하겠다고 철석같이 약속하면서 그녀와 특별한 관계를 이어나갔다. 하지만 그들의 사랑은 애초부터 일과 사랑이 복합적으로 얽힌 관능적인 것으로, 두 사람의 관계는 10년이 되지 않아 종착에 이르고 말았다.

채 서른이 되기도 전에 카미유는 스승의 영향력에서 벗어나 자신만의 작품을 창조하려 했지만 죽도록 사랑하는 사람과의 절절한 관계가 끊어진 후 정신이 흐트러진 탓인지 예전처럼 좋은 작품을 생산해내지 못했다.

그렇게 20여 년의 세월이 속절없이 흘러 그녀 나이 마흔아홉 살이 되었다. 1913년이었던 그해에, 카미유는 가족의 손에 이끌려 프로방스의 아비뇽Avignon 근처에 있는 정신병원에 보내지고 말았다. 로댕이 1917년에 사망했으니 어쩌면 그녀의 비참한 말로에 대해 소식을 들었을 테지만 그는 끝내 고개를 돌렸다.

나머지 이야기는 말하기가 끔찍할 만큼 애처롭고 허망하다. 의사들에게 자신의 정신이 지극히 온전하다고 주장하면서 가족을 설득해달라고 호소했지만, 그녀는 30여 년 동안 정신병원에 갇혀 고통과 번뇌 속에서 생을 마감해야 했다. 1943년 10월 19일, 그녀 나이 일흔아홉 살 때였다.

왕성하게 창작활동을 하던 시절 카미유는 스승과 어깨를 나란히 하며 20세기 초반에 조각이 대중의 인기를 얻는 예술 장르가 되게 하는 데 큰 역할을 했지만 안타깝게도 자신의 많은 작품을 스스로 파괴해버렸다. 사랑의 상실은 어쩌면 그녀에게 살아야 할 의미의 상실과 동의어였는지도 모른다.

다행히 로댕 미술관에는 그녀의 작품 7점이 전시되어 있다. 그 중에 〈파도The Wave〉와 〈가십The Gossips〉은 극찬을 받는 걸작이어서 그녀가 남긴 예술혼의 편린을 아픈 눈으로 엿볼 수 있다.

▲ 〈파도, 1897~1903〉(상)
〈가십, 1897〉(하)

▲ 오귀스트 로댕의 〈지옥의 문, 19세기〉(상)
뫼동에 위치한 로댕의 집(하)

〈파도〉는 험한 파도가 목욕하는 세 여인을 집어삼키려는 듯한 장면을 형상화한 작품이다. 파도 자체는 그리 크지 않지만 여인들에게 불길한 일이 다가오고 있음을 암시하는데, 정작 목욕하는 여인들은 서로에게 집중하느라 다가오는 위험을 알아차리지 못한다.

〈가십〉은 벌거벗은 네 여인이 어느 열린 공간의 테이블에 서로 머리를 맞대고 옹기종기 모여 있는 광경을 형상화했다. 나는 이 작품을 볼 때마다 이들이 나누는 대화를 상상하게 되고, 이들의 속삭임을 들을 수 있을 것 같다.

나는 반투명한 소재로 만든, 마치 진짜 피부처럼 적갈색 동맥이 튀어나와 있는 여인들의 누드를 보고 또 본다. 그때마다 작품 속 여인들이 제발 만지고 쓰다듬어달라고 말하는 것 같다. 이 작품은 1897년에 완성된 것으로, 당시 장인의 경지에 들어선 서른세 살 카미유의 재기발랄한 면모를 엿볼 수 있다.

그녀의 애절한 삶은 1988년 브뤼노 누아탕Bruno Nuytten 감독이 영화로 제작했다. 이 영화에서 제라르 드파르디외Gerard Depardieu가 로댕 역을 맡았고, 이자벨 아자니Isabelle Adjani가 카미유 클로델 역을 맡았다. 그로부터 15년이 지난 2013년엔 브뤼노 뒤몽Bruno Dumont 감독이 다시 한 번 영화로 제작했는데, 카미유 클로델 역은 쥘리에트 비노슈Juliette Binoche가 맡았다.

20 그녀의 장례식 날 파리 전체가 숨을 멈추었다

▲ 에디트 피아프의 무덤(상)
그녀를 그린 벽화(좌) 포스터(우)

프랑스인이 가장 사랑했던 여인의 체취를 느낀다

1963년 10월, 에디트 피아프Édith Piaf가 마흔일곱 살의 나이에 남프랑스 향수의 도시 그라스에서 사망했다. 그녀는 프랑스인이 가장 사랑하는 대중가수였지만 인생의 여정은 참으로 파란만장했고, 생의 마지막도 그리 행복하지 않았다. 가수로서 큰 성공을 거두고 찬사도 받았지만 여인으로서의 삶은 가난과 외로움과 비극과 스캔들로 얼룩졌고, 결국 알코올과 약물 중독에 따른 간암으로 삶을 마감하고 말았다.

초라하고 피폐했던 삶의 마지막 몇 달 동안 그녀가 할 수 있는 일은 오직 노래하는 것밖에 없었다. 가녀린 체구에서 터져 나오는 너무도 특별한 목소리로 그녀는 숨이 끊어지는 순간까지 노래를 불렀다. 특히나 마지막 무대였던 파리의 올림피아 뮤직홀에서, 그녀는 쓰러질 듯 애처로운 모습으로 대표곡 〈장밋빛 인생La Vie en rose〉을 불렀다.

에디프 피아프의 음악은 마치 에펠탑과 같았다. 그 자체로 프랑스였기 때문이다. 에펠탑과 마찬가지로, 그녀는 프랑스의 정체성과 천재성의 상징이었다. 프랑스인은 〈나는 아무것도 후회하지 않아Non, je ne regrette rien〉의 도입부에 흐르는 프렌치 호른과 현악기의 반주만 들어도 맥박이 뛰고 팔에 소름이 돋는다고 말한다. 마음을 어루만지듯 느린 멜로디는 처음엔 크게 시작했다가 점차 작아져서 마침내 우리 마음에 들어와 날카롭게 박힌다.

고등학교에서 프랑스어를 가르칠 때, 나는 아이들에게 〈장밋빛 인생〉의 노랫말을 외우게 했다. 이것으로 프랑스어 문법을 공부하자는 게 아니라 심연에서 우러나오는 에디트 피아프의 철학을 공유하고 싶어서였다. 우리도 매일 한 편의 시 같은 이 노래의 가사를 읊조려볼 수 있다.

> 좋은 시간이었건 나쁜 시간이었건, 지나간 시간에 너무 연연하지 말고 오직 현재를 살아라. 후회로 감정을 낭비하지 마라.

그녀의 노래를 직접 듣는 관객들은 지붕이 떠나갈 듯 함성을 질렀을 테지만 오늘을 사는 우리는 그녀의 속삭임에 동의하면서 가슴속 깊은 곳에 묻어두었던 한숨을 뱉는다.

그녀가 죽은 지 몇 시간 뒤, 그녀의 친구이자 동료였던 장 콕토Jean Cocteau가 심장마비로 사망했다. 그녀의 사망 소식을 듣고 너무 큰 충격을 받아 심장이 멈추었다는 소문도 있다. 이것은 예술과 우정의 연대기에 적힌 위대한 우연이 아닐 수 없다.

두 사람은 모두 프랑스의 문화 지형에 거대한 족적을 남겼다. 하지만 장 콕토를 기념하는 박물관만 해도 프랑스 안에 여러 곳이 있고 회고전이 수없이 많이 열리고 있다. 최근에는 파리의 역사적 고궁인 팔레 루아얄에서 장 콕토가 남긴 작품을 둘러볼 기회도 있었다. 이런 전시회는 일 년에 한 번은 프랑스 어디서든 반드시 열린다.

그러나 '그 꼬마' 또는 '작은 참새'라는 뜻의 '라 모메La Mome'라 불렸던 그녀를 기념하는 공간은 그 별명만큼이나 너무나 작고 초라해서 가슴이 아프다. 어쩌면 그녀 목소리가 그녀의 무기이기 때문일지도 모른다. 그 목소리를 액자에 넣어 벽에 걸 수는 없기 때문이다. 어쩌면 그녀가 불우한 어린 시절에 빈민가와 창녀촌을 떠돌며 자랐기에 유년기를 대표할 만한 생가조차 없기 때문일지도 모른다.

에디트 피아프를 위한
아주 작은 성지가 있다

그래서 나는 여러분에게 파리 11구의 오베르캄프Oberkampf 가에 있는 '에디트 피아프 박물관'에 꼭 가보라고 권한다. 이 거리는 현재는 전문 치즈 가게와 유기농 카페들이 즐비하지만 한때는 파리에서 가장 가난했던 동네로, 그녀가 어린 시절 배회하며 노래를 부르다 열아홉 살에 발견된 골목이기도 하다.

이 개인 박물관은 입구부터 특이하다. 4층 아파트에 들어서자 의자에 아주 크지만 결코 깨끗하다고 할 수 없는 곰 인형이 놓여 있다. 이것은 그녀의 임종을 지켜본 남편인 그리스의 이발

사 테오 사라포의 선물이라고 한다. 그 옆에는 그녀 모습을 담은 실물 크기의 패널이 있는데 높이가 148cm 정도에 지나지 않는다. 이 공간은 잡동사니를 모아둔 다락방같이 초라하지만, 그렇더라도 이 집을 마련한 베르나르 마르슈아의 공로를 인정해줘야만 한다.

어려서부터 에디트 피아프에 관한 모든 물건을 광적으로 수집해온 그는 1977년 이 박물관을 열었다. 이곳은 월요일부터 수요일까지는 오후에만, 그리고 목요일에는 오전에만 예약 방문이 허용된다. 이 아파트에 다른 주민들이 거주하고 있어 그가 직접 문을 열어주어야 하기 때문이다.

내가 찾아갔을 때는 안 그래도 가구나 장신구나 수집품이 가득 찬 방에 사람들이 너무 많아 제대로 구경할 수 없었다. 그래도 에디트 피아프의 찬란했던 삶에 경의를 표하는 사람들이 수요일 오후에 이렇게도 많다는 사실만으로도 약간 위로가 되었다.

방 두 개에는 그녀의 옷, 카펫, 편지, 사진들이 진열돼 있었고 그 사이에 놀라운 물건과 애틋한 물건이 있었다. 34사이즈(220mm)밖에 안 되는 무척이나 작은 그녀의 구두, 핸드백, 검은색 무대 드레스 그리고 그녀가 목에 걸었던 십자가 목걸이다.

가장 애틋한 물건은 그녀가 가장 사랑했지만 불의의 비행기 사고로 목숨을 잃은 권투 미들급 세계 챔피언 마르셀 세르당 Marcel Cerdan의 글러브다. 또 그녀가 마지막으로 파리 아파트에서 살 때 쓰던 소파, 촛대, 꽃병, 오래된 빅터 축음기도 마음을 아리게 한다.

그날 나는 파리의 명소 중 하나인 페르 라셰즈 묘지로 가서 에디트 피아프의 소박한 비석을 찾았다. 그녀 옆에는 두 살 때 뇌수막염으로 죽은 딸과 그녀의 아버지 무덤이 함께 자리하고 있었다. 이곳에는 대부분 그녀처럼 한 시절을 풍미했던 인물들이 모여 있어 에디트 피아프의 휴식처로 썩 어울린다는 생각이 든다. 그녀 주변에 몰리에르, 발자크Honoré de Balzac, 사라 베른하르트Sarah Bernhardt, 짐 모리슨Jim Morrison, 오스카 와일드Oscar Wilde, 쇼팽Frédéric Chopin이 있으니 말이다.

에디트 피아프의 장례식이 있던 날은 파리 전체가 숨을 멈추었다. 수많은 인파가 운집하여 그녀의 무덤까지 함께 걸어가면서 천상의 목소리로 노래한 프랑스의 아이콘을 애도했다. 나는 그녀를 추억하고 싶은 사람들을 위해서라도 정식 박물관이 있어야 한다고 생각한다. 물론 그사이에 에디트 피아프에게 바치는 작지만 인상적인 성지에 찾아가서 그녀를 조금이라도 가까이 느껴볼 수 있어 참 다행이라고 생각하지만 말이다.

파리

21 우리가 퀴리 부인에게 배워야 할 몇 가지

▲ 남다른 추진력과 탁월한 두뇌를 지녔던 퀴리부인(좌) 퀴리 박물관 입구(우)

편견과 고정관념의 장벽에 도전했던 위대한 여인

학구적인 분위기가 나는 소르본대학에서 그리 멀지 않은 곳에 '퀴리 박물관'이 있다. 나는 이곳을 지날 때마다 이 여성에 대한 존경심이 밀려오는 걸 느낀다. 파리에 여성 아이콘이 많지만 미모나 결혼이나 태생이 아니라 오직 두뇌의 힘만으로 이렇게 우뚝 선 여성이 있다는 사실만으로도 내 일처럼 뿌듯하고 가슴이 벅차기 때문이다.

게다가 이 박물관에서 분홍색 방한복을 입은 꼬마 숙녀가 앙증맞게 주먹을 꽉 쥐고 코를 유리에 대어 찌그러뜨리며 과학 도구들을 신기한 듯 보거나 의자에 영차영차 올라가 마리 퀴리Marie Curie와 그녀의 남편 피에르 퀴리Pierre Curie의 생애와 과학계에 남긴 업적이 담겨 있는 터치스크린을 넘기는 아이들을 보면 나도 모르게 코끝이 찡해진다.

이 작은 박물관은 매번 이런 식으로 내 마음 한쪽을 흔든다. 아주 어린 시절부터 학교에서나 책에서 배워서 '퀴리 부인'의 존재를 익히 알고 있다. 그런데 이곳에 와서 나는 가만히 생각에 잠겨본다. 왜 이 시대에는 퀴리 부인과 같은 여성 과학자들이 생각보다 적을까?

그녀는 아주 오래전에 세상의 어떤 남성 과학자도 해내지 못한 불가능의 영역에 도달했다. 그녀는 1903년 남편과 함께 노벨 물리학상을 수상하며 노벨상을 탄 최초의 여성이 되었고, 1911년에는 노벨 화학상을 받아서 역사상 다른 두 분야에서 최초로 노벨상을 수상한 기록을 세웠다.

그녀의 연구는 원자력 연구의 발판이 되었고, 아인슈타인에게 길을 열어주었다. 지금까지도 과학계에서 그녀와 견줄 만한 인물은 없다. 인류와 여성의 역사에서 그녀의 영향력은 너무나 지대하고, 특히 학계와 사회가 더 많은 여성 과학자를 원하는 이 시대에 퀴리는 가능성의 영원한 상징으로 존재한다.

퀴리는 고향 폴란드에서 교사로 일하다 스물네 살이던 1891년 프랑스어를 거의 하지 못하는 상태로 파리에 유학을 왔다. 2년 후 물리학 석사과정을 마친 그녀는 1895년, 평생의 동반자 피에르 퀴리 교수와 결혼했다. 피에르는 자기 연구를 포기하면서까지 공동연구를 하며 아내를 적극적으로 지원해주었다. 여성의 역할에 관한 당시 고정관념으로는 쉽지 않은 일이었다.

그들은 우라늄보다 강력한 빛을 발하는 원소를 발견하고는 조국 폴란드에서 이름을 따서 '폴로늄Polonium'이라 이름 붙이고, 곧이어 또 다른 원소인 '라듐Radium'을 발견했다. 당시 과학자들은 원자는 절대 분리될 수 없다고 믿었지만 그녀는 원자에서 순수한 라듐을 분리해냈다. 이로써 원자를 분리하는 것이 가능해지면서 오늘의 과학계에 이어지고 있다.

남편 피에르가 1906년 비극적인 사고를 당해 세상을 떠났을 때 서른여덟 살이었던 퀴리는 혼자 몸으로 어린 두 딸을 키우면서 고령의 시아버지까지 모셔야 했다. 그 뒤 그녀는 여자들을 에워싸고 있던 속박의 틀을 깨고 소르본대학 최초로 여성으로서 물리학과 교수가 되었고, 2개 연구기관을 창설하여 이끌었다. 1995년, 프랑스 정부는 여성으로서는 최초로 그녀 묘소를 영웅들을 모신 팡테옹 묘지에 이장하기로 결정했다.

마리 퀴리가 인류에게 남긴 유산 일부를 만나는 곳

1911년 그녀를 위해 설립된 연구시설은 아직까지도 물리학 및 화학연구소로 활용되고 있다. 박물관 내부는 아주 깔끔하고 세련되게 잘 정리되어 있다. 벽에는 사진과 친필 문서 원본들, 메모와 편지들이 전시되어 있고 퀴리가 사용하던 과학도구들도 예전 모습 그대로 전시되어 있다.

화학연구소는 1981년 방사능 오염으로 다시 지어야 했지만, 지금은 원래 장소를 완벽하게 재현했다. 퀴리는 이곳에서 20년여 년 동안 연구에 몰두했으며 나중에는 딸, 사위와 합동으로 연구했다. 이들의 이름은 이렌 졸리오퀴리Irène Joliot-Curie와 프레데리크 졸리오퀴리Frédéric Joliot-Curie로, 두 사람은 1935년 노벨 화학상을 타기도 했다.

퀴리는 그저 실력만 뛰어난 게 아니라 남다른 추진력과 탁월한 두뇌까지 갖춘 여인이었다. 그녀는 보수적인 학계의 거인들과 경쟁하기 위해 연구 주제를 재빨리 발표해야 했고, 그전까지는 철저히 비밀에 부쳐야 했는데도 그 모든 일을 어떤 남성 연구자보다도 완벽히 해냈다.

그녀는 자신의 연구가 사회에 이익이 되리라는 걸 알았다. 제1차 세계대전에서 엑스레이를 사용하여 부상자들을 치료하게 한 것이 그렇고, 오늘을 사는 모든 사람이 엑스레이로 건강검진을 하는 것 또한 그렇다. 그녀는 예순여섯 살에 백혈병으로 사망했는데, 이는 방사능에 지속적으로 노출된 결과로써 그녀가 미처 알지 못했던 과학의 어두운 이면이었다.

지금도 쉽게 이해하기 힘든 사실이지만, 마리 퀴리가 거의 100년 전에 맞닥뜨렸던 엄청나게 높았을 편견과 장벽을 생각하면 그녀의 업적은 기적이라 해야 마땅하다. 하지만 그녀는 이에 대해 별다른 불평을 하지 않고 그저 묵묵히 극복했을 뿐이다.

그녀가 인류에게 남긴 유산은 또 있다. 그녀의 끈기, 희생 그리고 지적 욕구다. 이는 과학뿐만 아니라 다른 모든 분야에 종사하면서 반드시 필요한 소중한 기질이자 성공하는 사람의 필수적 조건이라고 할 수 있다.

세월이 흐르면서 사회가 변했다고 하지만 아직도 여성들이 유리천장을 뚫고 퀴리 부인만큼 성공을 이루기는 쉽지 않다. 하지만 오래전에 소녀였던 우리에게, 또 나의 10대 딸에게 마리 퀴리와 그녀의 박물관이 전하고자 하는 메시지는 확실하고 단호하다. 열심히 노력했을 때 우리에게 열릴 가능성은 무한하다는 것이다.

22 크리스티앙 디오르의 고향은 어떻게 생겼을까

▲ 디오르의 광고판(상)
그랑빌 해변의 작은 마을에 자리 잡은 크리스티앙 디오르 디자인 박물관(좌)
박물관에 전시된 동상(우)

노르망디 해변의 깎아지른 절벽 위에 있는 디자인 천국

부티크에 가서 직접 쇼핑하지 않는다면 프랑스 패션계에 굵직한 발자국을 남긴 거장들의 삶과 예술세계를 체험할 수 있는 장소는 그리 많지 않다. 가령 파리 중심부 캉봉Cambon에 있는 코코 샤넬CoCo Chanel의 부티크 위층에 있는 그녀의 화려한 아파트는 일반인에게 개방되지 않으니 피부로 느낄 수 없다.

프랑스에서 패션디자이너에게 헌정된 공식적인 박물관은 이 나라가 낳은 최고의 패션디자이너 크리스티앙 디오르가 어린 시절을 보낸 노르망디 그랑빌Granville 해변의 목가적인 마을 하나뿐이다. 그는 짧고 강렬했던 생애 동안 자주 이 저택에 머물면서 자신이 직접 설계한 수영장 옆의 꽃밭에 앉아 유년시절의 편안함을 회상하곤 했다고 한다.

크리스티앙 디오르는 쉰두 살이던 1957년에 급작스러운 심장마비로 사망했다. 파리에서 첫 번째 컬렉션을 연 지 10년밖에 안 된 때였다. 그의 디자인 박물관에 있는 인물 소개에 따르면, 그가 생선뼈가 목에 걸린 후 심장마비로 죽었다고 적혀 있다. 그 후 50년이 흐르는 동안 전 세계 패션계에서 '디오르Dior'라는 명칭은 어느 것보다 친숙하면서도 선망하는 이름이 되었다. 사실 이 브랜드는 태어날 때부터 이미 럭셔리와 동의어였다.

1947년 크리스티앙 디오르가 내놓은 '뉴룩New Look'이라는 새로운 브랜드는 확 퍼진 스커트, 넓은 어깨, 한 줌도 안 되는 잘록한 허리 등 낭만적이고 여성미 넘치는 패션으로, 그 시대의 몸짓과 정신을 대변하는 의상으로 여겨져 나오자마자 각광을 받았다. 이로써 크리스티앙 디오르는 샤넬로 대표되던 이전의 의상들을 단숨에 구식으로 만들며 세계인의 복장이 되었다.

그는 북프랑스의 모나코라 불리는 그랑빌 해변 마을에서 부유한 비료사업가의 아들로 태어나 누구보다 다복한 유년시절을 보냈다. 그가 마흔한 살 때인 1946년 파리에 설립한 '메종 크리스티앙 디오르La Maison Christian Dior'는 지금도 전 세계에 지점을 두고 글로벌 패션계를 이끌고 있다.

내가 햇살과 바람을 가득 머금은 그랑빌을 방문한 타이밍은 아주 완벽했다. 나는 이곳을 방문하기 전 며칠 동안 노르망디를 여행하면서 아직도 남아 있는 제2차 세계대전의 상흔을 더듬는 중이었다. 그러다 문득 크리스티앙 디오르 박물관에 들르면 기분 전환이 되지 않을까 생각했고, 즉시 행동에 옮겼다.

자동차를 정문 밖에 세워두고 잘 관리된 숲길과 잔디를 따라 박물관으로 올라갔다. 해변 산책로를 따라 가파른 길을 올라가니 굉장히 넓은 정원이 나왔다. 이 정원은 건물의 뒷마당으로, 거기서 곧장 앞으로 가니 디오르의 어머니가 젊은 크리스티앙의 도움을 받아 설계한 저택이 나왔다.

정원이라기보다는 작은 공원 같은 공간만으로도 매우 사랑스러워 전시장으로 가는 내내 계속 걸음을 멈춰야 했다. 영국의 고전적 정원처럼 여러 섹션으로 나뉘어 있는데 어떤 곳에는 야자수, 산사나무, 아치가 있는 산책로, 장미덩굴로 덮인 정자가 있고, 옆 마당에는 분홍색과 보라색과 흰색의 수국이 가득한 꽃밭이 있었다.

또 하나 놀라운 선물은 꽃밭 사이에 디오르에게 향수의 영감을 준 통로가 이어지고, 첫 번째 향수인 '미스 디오르Miss Dior'의 영감을 준 은방울꽃 향기와 장미향을 맡을 수 있었다는 것이다. 미스 디오르는 제2차 세계대전 때 레지스탕스 활동을 하다 붙잡혀 강제수용소에 갇혔던 누나를 생각하며 지은 이름이라고 한다.

절벽 뒤에는 해변으로 통하는 오솔길이 있고, 소나무와 디오르의 어머니가 해협의 거친 바닷바람으로부터 꽃들을 보호하기 위해 쌓은 돌벽이 있었다. 화강암 절벽 끝에 있는, 어머니가 가꾸었던 비밀 장미 정원은 감탄이 나올 정도로 아름다웠다. 그의 어머니는 항상 우아하고 세련되게 치장했는데, 어머니의 이런 면모가 디자이너로 성장하는 아들에게 큰 영감을 주었다고 한다.

짜디짠 바닷바람에 섞여드는 신선한 장미 향기

디오르가 낳고 자란 집인 레 룸Les Rhumbs의 색상들은 그의 인생과 작품에 계속 등장한다. 그는 풍랑이 심한 노르망디 해변과 폭풍우치는 하늘의 회색빛과 플로랄 핑크를 자신의 부티크와 디자인에 활용했고, 1956년에 출시된 향수 '디오리시모Diorissimo'의 패키지 색상으로 만들기도 했다.

크리스티앙 디오르 박물관에서는 해마다 다양한 주제로 돌아가며 전시를 한다. 이때 그의 유품이나 사진, 스케치 장신구와 함께 그가 죽은 뒤 사업을 이끈 디자이너들인 이브 생 로랑Yves Saint Laurent, 마르크 보앙Marc Bohan, 지안프랑코 페레Gianfranco Ferré, 존 갈리아노John Galliano 등의 작품도 함께 전시한다. 그중에서도 이브 생 로랑은 크리스티앙 디오르의 갑작스러운 사망으로 스물한 살의 나이에 그를 이은 수석 디자이너로 임명되었고, 그 후 스승을 능가하는 명성을 얻으며 세계 최고라는 프랑스 패션의 명성을 이어갔다.

박물관은 그의 예술적 취향과 감수성에 대한 찬양의 무대라 할 수 있다. 시대별로 전시돼 있는 그의 의상들은 옷이라고 하기가 미안할 정도로 예술적 품위를 지녔다. 2010년 전시회에서는 디오르 하우스의 가장 럭셔리한 가운들이 선을 보였고, 2013년의 전시 주제는 인상주의였다. 노르망디의 꽃피는 정원과 시시각각 변하는 빛을 보면 인상주의가 디오르와 비슷한 영감을 공유했음을 알 수 있다.

활짝 핀 꽃들처럼 풍부하고 화려한 색감의 드레스 바로 옆에 그 드레스와 어울리는 그림이 전시되어 있다. 디오르의 삶과 디자인을 담은 책자들을 읽어본다면, 그가 만든 의상들이 19세기 화가들의 그림과 얼마나 닮았는지 알고 깜짝 놀라게 될 것이다.

2014년에는 '하나의 집, 여러 컬렉션'이라는 제목의 전시회가 열렸다. 디오르 영감의 원천이었던 레 륌을 주제로 한 전시로, 색감의 향연이라 할 수 있는 의상과 액세서리, 스케치, 란제리 등이 전시되었다.

디오르는 생전에 레 륌이 자기 스타일과 취향의 원천이며 자기 삶의 메타포라고 말하곤 했다. 이 집은 노르망디의 바다 근처 깎아지른 절벽 위에 안개와 습기 속에서 강건하고 한결같이 우뚝 서 있다. 그는 자기 고향집에 대해 이렇게 쓴 적이 있다.

"이곳 정원의 나무들은 모두 내가 어린 시절 심은 것으로 모진 비바람을 맞으며 나와 함께 성장했다. 하지만 돌벽은 우리를 폭풍우에서 막아줄 정도로 충분히 강하지 않았다."

내가 이곳에 갔을 때는 북프랑스의 강렬한 햇살이 쏟아지고 있었다. 돌벽으로는 충분하지 않았겠지만, 짜디짠 바닷바람과 섞여드는 장미의 신선한 향기가 그곳의 비바람을 이겨내는 데 다소나마 도움이 되지 않았을까 생각되었다.

노앙

23 나는 현재 주어진 것이 아닌 다른 삶을 찾고 싶어

▲ 말년의 조르주 상드(좌) 단아하면서 서정적인 분위기를 풍기는 그녀의 저택(우)

19세기 프랑스 예술인들의 연인이었던 여인

미국 작가 이디스 워튼Edith Wharton의 《프랑스 자동차 여행A Motor-Flight Through France》이라는 여행 에세이는 작가의 명성에 걸맞은 대단히 훌륭한 작품이다. 2014년 재발간된 이 책은 그녀가 1906년과 1907년 세 차례에 걸쳐 자동차로 프랑스를 여행한 뒤 발표한 에세이 모음집으로 세심한 관찰, 명민한 지성 그리고 그녀의 트레이드마크인 유려하고 예리한 문체가 돋보이는 글로 가득하다.

그녀는 함께 떠난 친구와 초록으로 물든 언덕과 푸르게 넘실대는 강을 건너다 문득 멈춰 서서 햇빛에 따라 미묘하게 변화하는 산촌 풍경을 감상했으며, 숱하게 만나는 대성당들에 들어가는 일에 대부분의 시간을 썼다.

그녀의 매력적인 이야기는 대체로 건축을 주제로 이루어졌지만 딱 두 장소에서 예외가 일어난다. 프랑스의 정원이라 불리는 루아르 밸리를 지날 때와 조르주 상드George Sand의 고향인 상트르발 드 루아르Centre Val de Loire에 속하는 작은 마을 노앙Nohant에 갔을 때였다.

프랑스 여행길에서 그녀는 아주 감상적인 글을 자주 남기는데, 특히 가정 대신 자아를 찾은 자신의 삶과 흡사해서 더욱 깊이 이해하게 되는 한 위대한 여성의 생가에서 한없이 겸손해지는 모습을 보인다.

그녀가 덤불 뒤에서 19세기를 온몸으로 살았던 조르주 상드의 거실을 호기심 가득한 눈으로 들여다본다. 다른 여행자들과 마찬가지로 이디스도 어떻게 한때의 남작 부인이 전설적인 자유의 화신이 되었는지 신기해하고 있다.

내가 나무그늘 아래 가려진 황토색 귀족 저택에 들어섰을 때처럼, 이디스도 이 집에 들어가면서 이곳에 깔려 있는 특별한 분위기를 감지하려고 했을 것이다.

이곳에 《보바리 부인Madame Bovary》의 귀스타브 플로베르Gustave Flaubert, 《삼총사》의 알렉상드르 뒤마, 사실주의 문학의 거장 오노레 드 발자크, 러시아 소설가 이반 투르게네프Ivan Turgenev, 그리고 음악가 프란츠 리스트Franz Liszt가 있었다. 9년 동안 상드와 연인관계였던 여섯 살 연하의 쇼팽은 당연했다. 그들은 복잡한 파리를 떠나 이곳에서 쉬거나 예전에 하던 작업을 계속했다.

지금은 다이닝룸에 큰 테이블이 놓여 있고, 그 위에 쇼팽이 조르주 상드에게 선물한 호박색과 하늘색의 가늘고 긴 유리잔과 그릇들이 펼쳐져 있다. 살롱에는 쇼팽이 치던 피아노도 있다. 아마 그들은 이른 저녁식사를 하고 난 후, 마당에 쓰러져 있던 나무를 깎아 만든 체리나무 탁자 주변에 둘러앉아 브랜디를 마시며 문학과 예술을 주제로 토론했을 것이다.

1842년 낭만주의 화가 외젠 들라크루아는 조르주 상드가 '블

랙 밸리'라고 이름 붙인 장소의 시냇물과 잡목과 과실수 사이에서 눈앞에 펼쳐진 평화로운 마을을 그렸는데, 잊을 수 없었던 그해 여름을 글로 남겼다.

우리는 아침식사와 저녁식사 시간마다 모였고, 식사가 끝나면 같이 당구를 치거나 산책을 하거나 각자 방에서 책을 읽거나 소파에 기대어 쉬었다. 그곳에 있었던 모든 순간마다 정원 쪽으로 난 창문으로는 쇼팽이 작곡을 하면서 치는 맑은 피아노 선율이 흘러나왔고, 그 소리는 나이팅게일 새의 지저귐과 은은한 장미 향기에 섞여서 들리곤 했다.

노앙의 이런 서정적이고 예술적인 분위기와 집 안팎의 풍경은 조르주 상드가 죽고 138년이 흐른 뒤에도 조금도 변하지 않았다. 특히 조르주 상드의 흔적이 그대로 남은 박물관은 무척이나 깔끔하게 관리되어 있어 시대를 앞서 갔던 한 여인의 생애를 한눈에 볼 수 있게 해놓았다.

그녀는 어린 시절을 여기서 보냈고, 아이들도 이곳에서 키웠으며 이곳에서 회복되었다. 그녀의 표현에 따르면 여기는 '우리의 신경을 계속 조이다가 결국 우리를 죽이게 될' 파리의 혼란에서 벗어날 수 있는 마지막 은신처였다. 그녀는 일흔한 살에 마음 깊이 사랑했던 이곳에서 생을 마감했다.

조르주 상드의 전설적인 삶을 기억하며

문학사에서 조르주 상드의 위치는 매우 특별하다. 소설 6권과 논픽션 25편과 희곡 7편을 쓴 왕성한 작품활동 때문이기도 하지만, 그녀의 뜨겁고 적극적인 생애가 더 큰 이유다.

사실 조르주 상드의 책은 자서전인 《내 생애 이야기Histoire de Ma Vie》 외에는 독자들에게 꾸준한 사랑을 받지 못했다. 그러나 우리는 작품의 비중과 상관없이 그녀의 전설적인 삶을 기억한다.

그녀는 남장을 했고, 시가를 피웠으며, 계약결혼을 했고, 숱한 연애를 했으며, 어떤 이들에 따르면 동성연애도 했다. 당대의 사상계, 문학계, 음악계의 수많은 인사와 정신적인 연인관계를 맺었다. 그러면서도 자신의 가정문제를 누구에게도 의지하지 않고 스스로 해결해나갔고, 평생 괴롭힌 우울증과 싸웠으며, 1848년과 1871년 사이의 정치적 격변기에는 부패에 대항하여 사회운동을 하고, 노동자들의 처우개선을 위해 앞장서서 싸우기도 했다.

조르주 상드의 아버지는 폴란드 아우구스투스 2세의 증손자로 귀족 출신이고, 어머니는 파리의 새 장수 딸로 서민이었다. 나폴레옹이 스스로 황제 왕관을 쓴 해인 1804년에 태어났고, 아버지가 낙마 사고로 사망하자 노앙에 있는 할머니 곁에서 자라다 파리의 수녀 학교에서 수업을 받았다.

▲ 조르주 상드가 살았던 가르질레스 마을(상)
조르주 상드를 기리는 기념비(하)

조르주 상드는 열여섯 살에 집과 함께 넓은 땅을 상속받았고, 이듬해 그 지방의 권세 있는 남작과 결혼하여 아들과 딸을 낳았다. 하지만 그녀는 결혼생활에 참을 수 없는 염증과 불안을 느끼고 심각한 우울증까지 겪었다.

그녀는 현재 주어진 것이 아닌 다른 삶을 찾아야 한다고 생각했고, 계속해서 감정 표현의 욕구와 성적·재정적 등 모든 면에서 여성 평등의 욕구를 느끼면서 그것과 반대되는 삶은 노예상태나 다름없다고 주장했다.

"주어진 조건 안에서 꼼짝못하는 나는 일종의 노예였다. 나를 자유롭게 해줄 사람은 그 남자가 아니었다."

그녀는 남편에 대해 이렇게 쓰면서, 그렇게 하려면 펜을 들어야 한다고 생각했고 한 번 든 펜을 죽을 때까지 놓지 않았다. 그녀는 파리로 떠나면서, '오로르 뒤팽Aurore Dupin'이라는 본래 이름을 조르주 상드로 바꾸고 작가로서 커리어를 시작했다.

그때는 낭만주의 시대 작가들인 빅토르 위고, 알렉상드르 뒤마, 오노레 드 발자크가 막 명성을 떨치기 시작한 때였다. 글을 쓰면서, 자신의 욕망을 솔직히 들여다보면서, 그녀는 자신만의 목소리와 자유를 찾았다. 그녀는 자서전에 이렇게 썼다.

그동안 나를 억누르고 살며 켜켜이 쌓여온 이 감정은 그것을 쏟아낼 기회와 매체가 생기자 내 안에서 끝도 없이 나오기 시작했다.

그녀가 한창 활동할 때는 다른 탁월한 작가들을 놀라게 할 정도의 정열과 에너지를 자랑하기도 했다. 같은 시대에 활동했던 여성 작가 시도니 콜레트는 이렇게 썼다.

"대체 조르주 상드는 어떻게 그 모든 것을 다하며 살까? 그 생각을 하면 나는 늘 충격으로 멍해진다."

그녀의 무덤은 노앙의 작은 교회 안마당에 있다. 그녀는 지금 향기를 멈추지 않는 큰 백향목 아래에서 가족과 함께 쉬고 있다.

파리

24 깨질 듯 강하고, 위험하며, 자유로운

▲ 흑백 줄무늬의 설치 미술이 보이는 팔레 루아얄 광장

조르주 상드 이후
최고의 여류 문학가라는 영예

현대 프랑스 문학을 대표하는 여류작가 시도니 가브리엘 콜레트Sidonie Gabrielle Colette는 1954년 팔레 루아얄의 정원이 내려다보이는 아파트에서 81년 삶을 마감했다. 그녀는 20세기 전반을 프랑스만이 아니라 유럽 문단과 대중의 사랑을 한 몸에 받은 소설가이자 에세이스트, 저널리스트이자 관찰자로 살았다.

그녀는 고백록과 연대기를 썼으며 초기작 《클로딘Claudine》, 《방랑하는 여인La Vagabonde》, 1945년 출간된 《지지Gigi》까지 소설을 총 45권 썼다. 그전까지 어느 누구도 그녀처럼 사랑이라는 감정을 그렇게까지 날것 그대로 섬세하고 농밀하게 묘사하지 못했다. 그래서 그녀는 조르주 상드 이후 최고의 여류 문학가라는 영예를 얻었다.

그녀는 어린 시절을 보낸 부르고뉴 지방의 풍경처럼 생생하고 풍부한 묘사와 화려한 문체로 독자들의 사랑을 받았다. 쉼표와 느낌표가 가득한, 꽃과 여성과 땅과 동물과 하늘에 대한 감각적 묘사는 그녀가 고집했던 문체의 특징인데, 그녀의 또 다른 대표작 《지상낙원Paradis Terrestre》의 아무 페이지나 펴서 읽어보자.

빠르게 흐르는 차가운 물살, 헐벗은 나무 사이로 내리꽂히는 햇살, 연보라색 이파리의 아네모네와 바다처럼 펼쳐지는 바이올렛…….

무작위로 펼친 페이지에 이런 묘사가 나온다. 또 하나의 놀라운 문장 뒤에 또 다른 놀라운 문장이 나오고, 문단 뒤에 또 다른 문단이 이어지면서 놀라운 책 뒤에 또 다른 책이 나온다. 그녀는 농밀한 문학적 감성에 세상을 바라보는 혜안으로 당대 지식인들의 무한한 존경과 사랑을 받았다. 마르셀 프루스트Marcel Proust, 앙드레 지드André Gide, 시몬 드 보부아르가 그녀를 따르고 흠모했다. 그녀의 가장 친한 친구이자 팔레 루아얄의 이웃인 장 콕토도 그들 중 한 사람이었다.

팔레 루아얄 정원 반대쪽에서 거행된 장례식이 국장으로 치러질 정도로 그녀는 전무후무한 영예를 얻었다. 어쩌면 그녀 친구들은 장례식이 끝나자 그녀가 살았던 아파트 바로 아래에 있는 그녀의 단골 레스토랑 '르 그랑 베푸르Le Grand Véfour'에서 그녀의 명복을 빌며 술잔을 기울였을지도 모르겠다.

말년에 그녀는 과체중과 관절염으로 거동을 하지 못해서 누군가의 도움을 받아야 레스토랑으로 내려올 수 있었다고 한다. 아마 장 콕토가 가장 많이 손을 잡아주지 않았을까? 그녀 전에도 자줏빛과 금빛 장식이 중후한 이곳은 1760년 개업한 이래 나폴레옹과 조제핀이 찾았고, 빅토르 위고와 조르주 상드도 찾아와 식사를 했다.

팔레 루아얄은 아직도 100년 전과 똑같은데 딱 한 가지만 추가되었다. 그것은 1986년에 설치된 프랑스의 미술설치가 다니

▲ 시도니 가브리엘 콜레트의 무덤

엘 반 뷔랑Daniel Van Buren의 흑백 줄무늬 원기둥인데, 파리지앵은 약간 생뚱맞은 이 원기둥을 보고 질색하는 것 같기도 하고, 좋아하는 것 같기도 하다.

정원의 중앙은 좌우 대칭에다 매우 고요하며, 예쁘고 아기자기한 가게들도 있어 사람들의 발길이 이어진다. 이 정원은 내가 파리에서 가장 좋아하는 피크닉 장소이기도 하다. 그렇지만 내가 이곳을 찾고 싶은 가장 큰 이유는 역시 이곳에서 늙어갔고, 이곳에서 진정 위대했으며, 이곳의 밤나무와 보리수나무 사이로 불어오는 바람을 가슴 깊이 들이마셨던 여인 시도니 콜레트가 있었기 때문이다.

모순으로 점철되었던
시도니 콜레트의 삶을 엿볼 수 있는 곳

시도니 콜레트는 프랑스 문단의 진정한 승자였고 주인공이었다. 장르를 초월한 글쓰기와 독특하기 이를 데 없는 자율적인 삶의 내력이 모두 그러하다. 그녀는 모순으로 가득한 여성이기도 했다. 날카롭고 예리한 시선을 지녔지만 기본적으로는 감각주의자였고, 페미니즘을 싫어한다고 하면서도 무의식적으로, 도전적으로 욕망의 주체로서 여성의 이미지를 만들어내곤 했다.

부르고뉴의 전원에서 엄격한 가톨릭에 지배당하며 자랐음에도 두 번이나 이혼했고, 젊어서 한때는 물랭루주의 뮤직홀 쇼걸로 지냈으며, 10년 동안은 레즈비언으로 살았고, 딸에게 무심한 엄마였다. 관능적인 자서전《순수함과 비순수함Le Pur et L'Impur》을 쓴 그녀는 열여섯 살 된 양아들과 시작한 불륜관계를 50대까지 이어갔다. 1920년에 나온 소설《셰리Cheri》가 바로 그 이야기를 담았으니 그녀야말로 인습과 금기를 넘어 예술을 모방한 삶의 완벽한 예라고 할 수 있다.

1920년대 이후에는 주름 제거 수술을 받았고, 이미 문학계의 거장이 되었을 때인 1932년에는 파리에 뷰티살롱을 열어 메이크업 아티스트로 활동하면서 여성의 회복력에 대한 자신의 철학을 설파했다. 그녀는 이렇게 썼다.

"여성들은 삶이 벅차고 힘들수록 어떻게든 이를 악물고 내면의 가시덤불과 고통을 숨기려 애쓴다. 그리고 그래야만 한다."

현재 팔레 루아얄은 파리 중심가에 있으면서도 전원의 분위기를 물씬 느낄 수 있는 섬 같은 곳이다. 이곳은 프랑스혁명 시기에는 정치 토론의 중심지이자 시민들의 집합소였지만 한때 인간 본성이 들끓는, 신분과 지위가 사라져버린 타락의 중심지이기도 했다.

"팔레 루아얄이 죄악과 매춘과 도박과 사기와 범죄의 온상이며 은밀한 랑데부가 이루어지는 곳이라는 것은 모두가 익히 아는 사실이다. 오늘의 프랑스 사회를 관찰하기 위해서 우리는 반드시 이곳에 가봐야 한다."

18세기 작가 레스티프 드 라 브르톤Restif de la Bretonne의 글이다. 이곳에서 백작부인이 젊은 애인들과 어울리고, 가게 점원들과 창녀들이 섞였다. 오후 5시까지는 상업 지구지만 그 이후부터는 사회적으로 존경받는 사람들이 여인들과 쾌락을 나누는 장소로 바뀐다고 브르톤은 적었다.

시도니 콜레트는 독일이 파리를 점령하기 바로 직전에 이곳으로 이사 왔다. 그사이에 팔레 루아얄의 풍경과 분위기는 많이 변했다. 작가로서 성공 가도를 달리던 그녀가 이때 쓴《내 창문에서 바라본 파리》에는 조국에 대한 절절한 사랑이 담겨 있다.

"이 나라의 대한 나의 숭배는 내 안에서 꺼지지 않고 타는 불꽃과도 같다. 우리는 젊은 시절 이 풍요롭고 우아한 프랑스라는 나라, 인간에게 따뜻한 낙원이 되어주는 이 땅을 너무도 당연하게 생각했다."

콜레트가 파리에서 시골과 가장 가까운 곳에 자리를 잡은 것은 당연한 일이다. 그녀는 도시에 있었지만, 꿈꾸던 시골로 잠시 돌아갈 수 있었다. 강과 꽃, 야생동물과 자연을 묘사하는 그녀의 언어에는 경외감이 담겨 있다. 그녀가 말하는 아름다운 이미지, 즉 흐르는 시냇물, 여름 햇살에 달콤해진 체리, 순수한 흙냄새 등 자연의 보여주는 기적은 감동스럽다.

파리의 발코니에서 그녀는 이렇게 썼다.

"창문에서 초록색 나무가 보이지 않는다면 물결 같은 구름이 떠다니는 하늘이라도 보아야 한다."

물론 이러한 하늘은 팔레 루아얄 위로 얼마든지 펼쳐져 있다.

PART 5

완전히 다른 차원의 여행을 경험하다

25 루이 16세는 앙투아네트에게 어떤 선물을 줬을까

▲ 왕비를 향한 왕의 진심이 담긴 건축물, 랑부예 성

마리 앙투아네트가 사랑의 표시로 선물받은 궁전

어떤 건축물이 위대하다는 말을 들으려면 아름다움이 전제되어야 하지만, 여기에 더해 건물 자체가 위대한 스토리를 품고 있어야 한다. 프랑스를 대표하는 모든 건축물은 그 나름의 역사와 사람 이야기를 품고 있어 사람들에게 더욱 주목을 받는다.

파리에서 남서쪽으로 130km 떨어진 곳에 있는 루아레Loiret 주 중심도시 오를레앙Orléans은 백년전쟁 때 프랑스가 영국군에 포위되자 잔 다르크가 이 도시의 상징인 생트 크루아 성당 Sainte-Croix Cathédrale 계단에 올라서서 시민들에게 프랑스 해방을 위한 결전을 외친 곳으로 유명하다.

파리의 퐁텐블로 궁전Château de Fontainebleau은 프랑스에서 가장 큰 왕궁으로, 이곳의 연회장은 카트린 드 메디시스 왕비와 그녀의 남편 앙리 2세의 정부였던 디안 드 푸아티에 사이에 갈등이 없었다면 그저 왕족들의 놀이터에 불과했을 것이다.

이 궁전을 지은 프랑수아 1세는 16세기에 이곳을 '새로운 로마'로 만들고 싶어서 기존에 있던 궁전을 확장하여 최대한 아름답게 꾸며놓았지만, 그것만으로는 흥미 있는 스토리텔링의 조건에 뭔가 부족하다.

하지만 이곳에서 벌어진 카트린과 디안의 반목은 역사의 한 페이지를 장식하며 호사가들의 입에 오르내리고 있다. 프랑수아 1세가 죽고 앙리 2세가 즉위하면서 이탈리아 출신의 카트린이 왕비가 된 것은 1547년이다. 하지만 그녀가 프랑스로 오기 전 앙리 2세는 20세 연상인 디안을 정부로 두고 있었다.

그녀는 노르망디 법관의 아내였는데, 앙리 2세를 만났을 때는 오래전에 남편과 사별하고 혼자 지내고 있었다. 디안은 앙리 2세의 총애를 믿고 카트린을 제쳐두고 사실상 왕비 노릇을 하면서 온갖 사치와 부정축재를 하는 등 만행을 일삼았다.

이름뿐인 왕비로 전락한 카트린은 남편의 사랑을 얻으려 무진 애를 썼지만 12년 뒤인 1559년 앙리 2세가 사고로 죽을 때까지 초라한 신세를 면치 못했다.

1769년 마리 앙투아네트가 장래에 프랑스 왕이 되는 남자와 결혼했을 때는 겨우 열네 살이었다. 신성로마제국의 황제 프란츠 1세와 오스트리아 제국의 여제 마리아 테레지아의 막내딸로 태어난 그녀는 어마어마한 가문과 너무 빨리 결혼했기 때문에 가난한 사람들을 향한 연민이나 동정심을 배울 기회가 없었다.

유럽 최대 왕실 가문인 합스부르크가Habsburg Haus는 그때까지 오스트리아 왕실을 600년 동안 지배해온 명문가로, 유럽 각국의 왕실과 핏줄로 얽히고설킨 막강한 가문이었다.

이 가문의 혈육인 마리 앙투아네트에게 사치와 쾌락은 태어나면서부터 주어진 일상이었기에 주변엔 그녀를 만족시키려는 아첨꾼들이 들끓었고, 여기엔 선량했지만 우유부단했던 남편 루이 16세도 포함되어 있었다.

프랑스혁명이 일어나기 9년 전인 1783년, 루이 16세는 그녀를 위한 깜짝 선물로 랑부예 성에 낙농장을 지어주었다. 그가 낙농장을 세운 데는 이유가 있었다. 그의 아버지 루이 15세는 후비인 마담 드 퐁파두르를 위해 베르사유 궁전 안에 '프티 트리아농'이라는 별궁을 지었다. 하지만 막상 이 별궁이 완성되었을 때 퐁파두르는 세상을 떠나고 없었다.

그래서 프티 트리아농은 자연스럽게 마리 앙투아네트에게 주어졌지만, 루이 16세는 아버지가 아내를 위해 그랬던 것처럼 뭔가 기념이 될 만한 건축물을 아내에게 만들어주고 싶어 했다.

루이 16세는 1783년 랑부예 성 주변의 숲을 사냥용 별장으로 사용하기 위해 구입했지만 마리 앙투아네트가 그다지 호감을 보이지 않았다. 그러자 루이 16세는 샤토 옆에 낙농장을 조성하면 아내가 좋아하게 되어 함께 시간을 보낼 수 있지 않을까 해서 화려함의 극을 달리는 낙농장을 세운 것이다.

하지만 마리 앙투아네트는 마담 드 퐁파두르가 그랬던 것처럼 이곳을 사용하기도 전에 프랑스혁명이 터지는 바람에 한 번도 제대로 사용해보지 못했고, 얼마 후 단두대에 오르고 말았다.

랑부예 성은 한때 나폴레옹 보나파르트의 저택으로 사용되기도 했고, 그 뒤로는 정부 소유 건물이 되어 국제협약을 맺는 행사장으로 쓰이거나 외국 정상들의 숙소로 사용되어왔다. 따라서 이곳을 방문하려면 가이드 투어가 가능한지 미리 확인해야 한다. 예전의 낙농장과 부속건물을 보려면 먼저 랑부예 성을 돌아보고 내부시설까지 봐야 하므로 많이 걸을 준비도 해야 한다.

형형색색의 조개껍질로 오두막 궁전을 만들다

랑부예 성의 왕가 소유 동물원과 양을 치는 들판이 있던 자리 한가운데에 신고전주의적 색채가 짙은 매우 세련된 건물이 자리 잡고 있는데, 이곳이 바로 마리 앙투아네트의 낙농장이다. 그때는 우유가 건강에 좋다는 사실이 막 전파되던 시기로, 귀족 부인들은 갓 짜낸 신선한 우유를 무척 좋아했다. 그러니 왕비를 위한 낙농장이 얼마나 귀하게 대접받았을지 짐작할 수 있다.

사암 건물의 낙농장으로 들어가는 문 위에 어미 소가 송아지를 돌보는 그림이 그려져 있다. 내부는 섬세하게 장식되어 있고, 앞 쪽의 둥그런 방은 폭포처럼 쏟아지는 햇살을 받아들이기 위해 돔 형태의 지붕으로 되어 있다.

여기는 우유 시음을 위한 방으로, 장차 마리 앙투아네트가 이곳에서 유제품 전문가인 하녀들이 지하에서 만든 크림, 치즈, 버터, 아이스크림 등을 시식하게 될 것이었다.

두 번째 방은 그녀가 손님들과 휴식을 취하면서 방금 배불리

먹은 음식을 소화시킬 곳이었다. 벽은 온통 우유 빛깔 대리석으로 되어 있고, 방의 끝에는 놀랍게도 작은 동굴이 있다.

안에는 신선한 물이 흐르고, 신화 속에서 제우스의 유모로 그를 염소젖으로 건강하게 키운 아말테아Amalthea의 조각이 서 있다. 옆에는 젖을 먹이는 동물들의 조각상이 있고, 가장 위에는 모유를 먹이는 어머니의 조각상이 있다.

안타깝게도 루이 16세가 왕비를 위해 준비하라고 시켰다는 에트루리아Etruria 스타일의 도자기는 남아 있지 않다. 에트루리아는 고대 이탈리아 중부에 있던 나라로, 도자기 제조 기술로 유명했다. 중세 유럽에서는 이들의 엔티크 도자기를 최상품으로 쳤기에 루이 16세는 당연히 아내를 위해 준비시켰던 것이다.

그나마 남아 있는 것은 성배로, 유두까지 있는 가슴 모양의 물 컵이 염소 머리 장식의 삼각대에 걸쳐져 있다. 원래 네 개였는데 그중 하나만 남아 있다고 하며, 지금은 파리 남서쪽에 있는 소도시 세브르Sèvres의 국립 세라믹 박물관에 보관되어 있다.

랑부예 성 한쪽에 있는 라슈미에르La Chaumiere라 불리는 조가비 오두막도 흥미를 끈다. 이는 루이 15세 당시 프랑스에서 가장 부유한 귀족으로 랑부예 성을 왕에게 판 팡티에브르Penthièvre 공작이 아들이 죽자 며느리를 위해 지어준 것이다.

영국식 정원으로 둘러싸인 이 건물의 외부는 단순한 초가지붕으로 되어 농부의 오두막과 흡사하다. 외관이 그만큼 수수하

▲ 퐁텐블로 궁전 연회장의 모습(상)
루이 16세가 마리 앙투아네트에게 선물한 조가비 오두막(하)

다 못해 초라하다. 하지만 건물 안으로 들어가면, 거기에 들인 정성에 감탄하지 않을 수 없다.

노르망디 해변에서 채취한 온갖 종류의 조개껍질이 네 면의 벽과 기둥, 원형 홀, 에메랄드그린 색상의 비단 의자와 긴 안락 의자에 대단히 정교하고 예술적인 방식으로 덮여 있다. 이 방을 완성하는 데는 꼬박 3년이 걸렸다는데, 건축과 인테리어에 들어간 정성을 보면 그 말에 동의할 수밖에 없다.

다음 방은 아늑한 내실로 여성 취향의 하늘색, 녹색, 흰색의 새들이 그려져 있다. 젊은 미망인이 친구들과 지내기에 불편함이 없도록 꾸민 팡티에브르 공작의 세심한 배려가 눈에 띈다.

루이 16세에게 랑부예 성을 팔면서 조가비 오두막은 자연스럽게 마리 앙투아네트의 소유가 되었다. 그러나 역사책 어디에도 마리 앙투아네트가 남편의 사치스러운 선물에 눈길을 주었다는 기록은 없다. 이 정도 건물로는 자신의 사치와 쾌락을 채워주지 못했던 것일까?

파리

26 다만 한 사람을 위한 혁명 기념일

▲ 개선문 아래에서 휘날리는 대형 프랑스 국기

샹젤리제 거리에 넘치는 프랑스인의 자부심

1942년 개봉한 미국 영화 〈카사블랑카Casablanca〉에는 볼 때마다 온몸에 소름이 돋을 정도로 전율이 이는, 영화사를 통틀어 가장 감동적인 장면이 있다. 지중해에 면한 북아프리카 모로코의 수도 카사블랑카는 제2차 세계대전을 피해 미국으로 가려는 사람들의 기항지로 붐볐다. 이 도시에서 카페를 운영하는 주인공 릭에게 일어난 일인데, 바로 그 카페에서의 한 장면이다.

거만한 나치 장교들이 배를 두드리며 그들의 노래 〈라인 강을 수호하라Die Wacht am Rhein〉를 부르는데 카페의 다른 프랑스 손님들은 역겨움을 참지 못한다. 이때 한 남자가 참다못해 밴드에게 프랑스 국가인 〈라 마르세예즈La Marseillaise〉를 신청하자 밴드가 이를 받아들여 연주를 시작한다. 그러자 프랑스인이 차례로 일어나 자신들의 국가를 목청껏 부르기 시작한다.

이들의 목소리가 점점 커지면서 독일군의 목소리를 완전히 압도해버리는 장면에서 내 눈은 어느새 붉어진다. 마지막에 '프랑스여 영원하라Vive à jamais la République!'를 외치는 사람들의 얼굴은 온통 눈물로 범벅되어 있다. 〈라 마르세예즈〉는 가사나 멜로디나 후렴구 모두 애국심을 고취하는 노래다. 슬로건인 '프랑스여 영원하라!'가 맹목적인 강경론으로 들리지 않고 매력적이고 열정적이게 들리도록 유지해온 나라한테는 더 없이 완벽한 국가라 할 수 있다.

지금도 이 국가와 함성이 해마다 프랑스 전역에서 널리 울려 퍼지는 날이 있다. 바로 7월 14일로, 프랑스 최대 국경일인 '프랑스혁명 기념일La Fete Nationale'이 그날이다. 1789년 7월 14일, 민중 봉기군이 폭정의 상징 바스티유 감옥을 습격한 일을 기념하는 날로, 프랑스 사람들은 이날을 '바스티유 데이'라고도 한다.

프랑스 곳곳에서 축제가 열리지만, 이날만큼은 나는 꼭 파리에 있고 싶다. 물론 인파가 몰리고 무더위가 기승을 부릴 테지만 에펠탑을 배경으로 밤하늘에 수놓는 불꽃놀이만 볼 수 있다면 충분히 감내할 수 있다. 단순히 화려한 폭죽의 향연이 아니라 전제 군주에 맞선 승리를 상징하기에 더욱 감상에 젖게 된다.

바스티유 감옥은 절대 권력인 부르봉왕조의 압제가 극명하게 드러나던 곳이었다. 정부는 불만을 표출하는 시민을 무조건 잡아다 이곳에 가두었고, 때에 따라서는 무기고로 사용하면서 공포 분위기를 자아냈다. 프랑스 국민은 이러한 절대군주 아래의 구체제를 '앙시앵 레짐'이라 불렀다.

1789년 7월 19일 늦은 밤, 혁명 전사들이 바스티유로 전진했다. 이때 놀랍게도 바스티유를 지키던 군대의 사령관이 성난 군중에게 항복하며 문을 열어주었고, 이것은 곧 구체제 종말의 신호탄이 되었다.

그해 여름, 혁명 중에 국민궐기군의 지휘를 맡은 라파예트La

Fayette 후작이 프랑스 주재 미국 대사였던 토머스 제퍼슨의 도움을 받아 작성한 '프랑스 인권선언문'이 발표되었다. 1789년 8월 26일 제헌국민의회에서 채택된 이 선언으로 인간의 기본권을 억압하던 로마 가톨릭교회를 앞세운 구체제는 완전히 종막을 고했다.

'바스티유 데이'는 1945년 히틀러의 독일이 패배를 선언한 후 더욱 중요성을 띠게 되었다. 1944년 8월 26일, 드골 장군은 개선문까지 당당히 행진함으로써 프랑스의 진정한 승리를 만천하에 과시했고, 오늘날 샹젤리제Champs-Élysées 거리의 군대 퍼레이드는 그날의 승리를 떠올리게 한다.

여성들이여, 일어나라. 당신의 권리를 지켜라

그날처럼 프랑스 국기가 개선문 중앙에서 힘차게 펄럭인다. 너무나 커서 맞은편 거리에서도 보일 정도다. 퍼레이드는 오전 10시에 시작되지만 아침 일찍 가서 자리를 잡는 편이 좋다. 모자는 필수, 화장실은 미리 다녀와야 한다. 수많은 사람이 이 멋진 군대 퍼레이드를 보려고 거리를 빽빽이 메우기 때문이다.

샹젤리제 하늘에서는 공군부대의 곡예비행이 펼쳐지고 프랑스의 삼색 국기를 나타내는 푸른색, 흰색, 붉은색 연기가 하늘에서 춤추듯 퍼져나간다. 거리에서는 프랑스인의 자부심이 집약적으로 연출되고 군인들이 행진하며 시민들과 하나가 된다.

그날 오전을 이렇게 보낸 다음 오후는 다른 파리지앵처럼 보내면 된다. 파리 19구에 있는 뷔트 쇼몽Buttes Chaumont 공원으로 소풍을 가거나 야외 카페에서 맥주 한잔과 함께 맛있는 타르트를 먹을 수도 있다.

내가 가장 최근 바스티유 데이 기념 행사를 관람할 때는 아주 운이 좋아서 파리 3구 튀렌느Turenne 거리에 있는 유명한 카페 데 뮤제des Musée 앞의 인도에 자리를 잡을 수 있었다. 나에게 7월 14일 그 지역에서 점심식사를 할 수 있다는 것은 무척 특별한 일이다. 식사를 끝낸 다음 레퍼블리크République 광장으로 가면 18세기 여성 시민운동가의 이름을 따서 명명된 올랭프 드 구즈Olympe de Gouges 광장이 나오니 말이다.

그녀는 프랑스혁명 때 여성의 참정권을 주장하며 시위대를 이끈 여성으로, 묘소를 프랑스의 영웅과 위인들을 모신 팡테옹 묘지에 안치하자는 주장이 나오지만 아직은 여기서만 찾아볼 수 있다. 그럼에도 분명한 사실은 많은 사람이 여성의 권리를 위해 싸운 올랭프 드 구즈를 프랑스 역사상 최초의 페미니스트로 인정한다는 점이다. 그녀는 결혼이라는 관습은 '사랑과 신뢰의 무덤'이라고 주장하면서 평생 양성평등을 위해 노력했다.

그녀는 낙태를 지지했고, 프랑스 식민지의 노예제도를 반대하는 성명서를 발표했으며, 창녀와 과부들의 권리를 옹호했다. 그녀의 논문인 〈여성 인권선언문〉은 여성들에게 자신의 현재 상태를 무조건 참고 견디지 말라는 간곡한 호소문이기도 했다. 그녀는 이렇게 썼다.

"여성들이여, 일어나라. 당신의 권리를 지켜라."

그녀의 혁신적 관점과 거리낌 없는 솔직함은 프랑스혁명 후 권력을 쥐고 있던 남성들에게 위협이 되었고, 1793년 끝내 단두대에 오르는 극형에 처해졌다. 나는 바스티유 데이가 되면 항상 그녀를 떠올린다. 이날은 자유와 평등과 박애, 그리고 남녀평등을 위해 자신의 모든 것을 던진 사람들을 위한 날이기 때문이다.

에펠탑 불꽃놀이의 장관을 보다가 감격으로 눈가에 눈물이 맺힐 순간에 대비해서 휴지를 미리 챙기자. 깊어가는 여름밤 어느 골목에서 〈라 마르세예즈〉의 마지막 소절을 듣게 될 순간의 감동을 위해서도 휴지를 준비하자.

랭스

27 여전히 놀라운 인간형(形), 잔 다르크를 따라서

▲ 성당 안에 놓인 잔 다르크의 동상(좌) 장엄한 성당 전경(우)

인류가 태어난 이래
가장 훌륭한 인간의 표본

지난 600년 동안 잔 다르크Jeanne d'Arc는 프랑스의 수호성인이라는 신비로운 위상을 굳게 유지해왔다. 어떤 경쟁자도 잔 다르크 근처에 간 적이 없을 만큼 그녀의 위상은 확고하기만 하다. 하지만 실제로 그녀를 목격한 사람은 없고, 1431년의 재판 문서로만 본다면 누구라도 그녀를 어느 작가가 꾸며낸 상상 속의 인물이라고 생각할 것이다.

그녀의 삶은 모든 것이 기이하고 황당하기도 하다. 하느님의 계시를 받아 글도 못 읽는 열여섯 살 소녀가 프랑스를 구하고 열아홉 살에 순교자가 되었다. 무엇보다 신기한 일은 잔 다르크가 천사에게 말을 했고, 천사들도 그녀에게 대답을 했다는 얘기다.

그녀가 태어난 해인 1412년은 '백년전쟁'이라 부르는 잉글랜드와 프랑스의 전쟁이 75년째 벌어지고 있을 때였다. 당시 프랑스는 프랑스 동부의 부르고뉴공국과 연합한 잉글랜드에 형편없이 당하고 있었다. 그러던 중 프랑스의 샤를 6세가 죽자 잉글랜드의 헨리 6세가 돌연 자신이 프랑스의 왕이라고 선포했다. 1422년의 일이다.

바로 그 무렵 프랑스 동부의 알자스와 로렌 지방에 걸쳐 있는 보주Vosges 산맥의 어느 산골짜기 작은 마을에서 10대 소녀가 집안일을 돕고 농사를 지으며 살고 있었다. 어느 날 그녀는 성인과 천사와 하느님의 음성을 듣는다. 그녀가 들은 이야기는 너무도 뚜렷했다. 어서 왕세자인 샤를 7세를 만나 그의 군대를 이끌고 프랑스에서 영국군을 몰아낸 후 다시 왕관을 그의 머리에 씌워주라는 것이었다.

그녀에 관한 전기와 영화, 텔레비전 미니시리즈가 수없이 많지만 미국 작가 마크 트웨인의 책이 가장 돋보인다. 마크 트웨인은 어린 시절 거리에서 우연히 종이 한 장을 발견해서 읽게 되었는데, 그것은 잔 다르크 전기의 일부였다. 그때부터 잔 다르크에게 빠져든 그는 14년 동안 조사 작업을 한 끝에 《잔 다르크에 대한 나의 기억Personal Recollections of Joan of Arc》이라는 책을 집필했다. 이 소설은 잔 다르크의 어린 시절 친구이며 나중에는 그녀의 비서가 되어 같이 여행한 가상의 친구가 그녀 이야기를 들려주는 형식이다.

《톰 소여의 모험》과 《허클베리 핀》으로 널리 알려진 그는 잔 다르크 책이 자신이 쓴 많은 소설 중에서 가장 위대한 작품이라고 말하곤 했다. 그의 찬양과 숭배는 끝이 없었다. 잔 다르크의 담대함, 신념, 신앙, 지성, 강인한 육체, 그리고 확고한 목표를 마크 트웨인은 침이 마르게 찬양했다. 그는 나중에 어떤 글에서 이렇게 썼다.

"그녀의 균형 잡히고 아름다운 캐릭터에는 흠잡을 데가 전혀 없다. 그녀는 인류가 태어난 이래 가장 훌륭한 인간의 표본이다."

잔 다르크에 관한 기억은 프랑스에서 훌륭하게 조명되고 있고, 특히 그녀가 순교하고 성인이 되면서 지나갔던 장소들은 잘 보존되어 있다. 그녀의 발자취를 처음부터 끝까지 촘촘하게 따르고 싶어 하는 독자들도 있겠지만, 나는 여기서 호기심을 갖거나 존경심을 품는 사람들을 위해 몇 곳만 집중적으로 소개하겠다.

그녀는 로렌 주의 동레미 라 퓌셀Domrémy la Pucelle이라는 작은 마을에서 태어났다. 그녀의 생가는 현재 박물관으로 꾸며져 운영되고 있다. 이곳에서 여행자들은 그녀가 사용했던 침대와 1412년에 태어난 방을 볼 수 있다. 그녀는 집 근처 생 레미 교회에서 예배를 드리고 세례를 받았다.

이때 하느님의 음성을 들은 잔 다르크는 이제까지 한 번도 말을 타본 적이 없었음에도 1429년 3월 왕세자 샤를 7세가 머물고 있던 루아얄 요새에 도착하여 하느님이 자신에게 하신 말씀을 전달했다.

프랑스 왕국의 합법적 계승자는 잉글랜드의 헨리 6세가 아니라 샤를 7세이며, 하느님이 프랑스를 외국의 속박으로부터 벗어나게 하려고 자신을 보내셨으니, 당장 군대를 이끌고 나가 오를레앙Orléans을 포위한 잉글랜드 군대를 무찌르라고 명하셨다고 아뢴 것이다. 잔 다르크는 이렇게 덧붙였다.

"하느님은, 만약 그렇게 하지 않으면 프랑스는 커다란 위기에 처할 것이라고 말씀하셨습니다."

샤를 7세는 마침내 그녀의 뜻을 받아들이고는 잔 다르크를 프랑스 군대의 지휘관으로 임명하여 푸아티에Poitiers로 파견했다. 푸아티에로 달려간 그녀는 잉글랜드 본토에 있는 왕과 프랑스에서 섭정을 하고 있던 베드포드 공작, 그리고 오를레앙의 잉글랜드 군대 지휘관들에게 당장 본국으로 돌아가라고 명했다.

"당신들이 돌아가지 않는다면 사령관인 나는 프랑스에 주둔한 잉글랜드 군대를 내 뜻대로 처리하겠소. 내가 그들을 제 발로 떠나게 만들겠소. 복종하지 않으면 군대를 탈취해버리겠소. 나는 천국의 왕인 하느님이 당신들을 프랑스에서 몰아내기 위해 보내신 몸이오."

남자들 1,000명에게서도 찾을 수 없는 불가사의한 능력

프랑스 군대는 투르Tours에서 잔 다르크가 지휘하는 군대임을 나타내는 깃발을 만든 후 블루아Blois까지 진군하여 강을 건너 오를레앙에 입성했다. 그곳에서 프랑스 군대는 대대적인 포위 작전을 펼쳐 9일 만에 잉글랜드 군대의 항복을 이끌어냈다. 이는 샤를 7세가 반 년이 지나는 동안 해내지 못한 일이었다. 이로써 잔 다르크는 승리의 여신이자 전쟁의 마스코트가 되었다.

그녀가 이끄는 군대는 계속 전진하여 루아르 밸리Lorie Valley

에 주둔해 있던 적군을 차례로 무찔렀다. 그들은 대책 없이 패해 도주하기에 바빴고, 그들에게 점령되었던 프랑스 땅이 차례로 해방되었다. 프랑스 전체가 잔 다르크를 열광적으로 성원했다. 그녀는 하늘에서 내려온 '신의 사절'이자 '승리의 여신'이었고 프랑스 군인들은 앞다투어 그녀의 군대에 들어가려고 했다.

그녀는 이 모든 힘을 결집하여 카리스마와 상상을 초월하는 능력을 발휘하면서 모든 요새를 탈환해나갔다. 그리하여 1429년 6월 마침내 그녀의 사명이 완성되었다. 왕세자 샤를 7세가 프랑스의 합법적인 군주로 임명받고, 그토록 열망하던 왕관을 받았다. 이제 그는 공식적인 프랑스 왕이 된 것이다.

랭스 대성당은 아직도 제1차 세계대전의 포격에서 완전히 회복되지 않았지만 그 옆에는 말을 타고 칼을 높이 치켜들고는 등을 꼿꼿이 편 채 하늘을 바라보는 잔 다르크의 동상이 있다.

성당 안에는 프랑스가 자랑하는 20세기 최고 화가 마르크 샤갈Marc Chagall이 디자인한 스테인드글라스가 있고, 차분한 표정의 잔 다르크 동상이 있다. 그녀가 입은 튜닉은 노란색 대리석에 청금석의 백합 문장이 새겨져 있고 얼굴은 상아로 조각했다. 내면이 너무도 평화로운 여인이라는 인상을 풍기는 이 동상 앞에 서면 누구라도 옷깃을 여미게 된다.

그녀는 그 뒤로도 잉글랜드 군대를 완전히 퇴치하기 위해 랭스에서 파리로 계속 진군해나갔는데, 그 과정에서 후퇴도 하고 실패도 했지만 흔들림 없이 나아가 파리에서 80km 떨어진 콩피에뉴성Palais de Compiègne에 이르렀다. 하지만 거기서 잉글랜드 군대와 연합하고 있던 부르고뉴공국의 군대에 포위되고 말았고, 끝내 체포되어 감옥에 갇혀 있다가 잉글랜드 군대에 넘겨지게 되었다. 1430년 5월의 일이었는데, 샤를 7세가 엄청난 몸값을 받고 적군에 넘겼다는 소문이 파다했다.

그녀는 루앙Rouen으로 압송되어 종교재판에 회부되었다. 프랑스를 구한 구국의 영웅이자 천하무적의 군인이었던 그녀를 지지하는 검은색 깃발이 온 나라에 걸렸지만 그녀는 끝내 화형에 처해지고 말았다. 그녀는 재판관 62명에게 심문을 받았다. 그들은 그녀가 들었다는 하나님의 목소리를 비웃으며 그녀에게 총 66개 죄목을 뒤집어씌웠다. 마녀, 가짜 예언자, 변절자, 신을 모독한 자, 분리론자, 우상 숭배자, 이교도, 예의를 버리고 여성처럼 행동하지 않은 죄 등이었다.

마지막에 거의 광기 어린 집착에 빠진 재판관들은 그녀가 남자 복장을 했다는 사실까지 집요하게 물고 늘어졌다. 결국 그녀는 남자 옷을 입었다는 이유로 죽은 것이다. 그 때문에 그녀는 뛰어난 용기와 지략을 지닌 여성 장군이기에 앞서 진정한 페미니스트의 롤 모델로 자주 언급되곤 한다.

재판 기간에 샤를 7세는 그녀를 석방하려는 어떤 노력도 하지 않았다. 그녀가 살아 돌아올 경우 프랑스 국민의 폭발적 성원으로 자신의 왕좌가 흔들릴 것이 두려웠던 것이다. 그로부터 25년 후에야 교황은 재판이 잘못되었음을 인정하면서 잔 다르크의 무죄를 선언하고 그녀를 순교자로 추앙했다. 그녀와 같은 시대를 살았던 유명한 여성작가 크리스틴 드 피잔Christine de Pizan은 1429년 이런 글을 썼다.

"그녀가 지닌 위대한 능력은 남자 100명, 아니 1,000명에게서도 찾을 수 없다. 그녀 이전에는 아무도 그런 일이 가능할 것이라고 믿지 않았지만, 그녀 이후부터 비로소 믿게 되었다."

파리

28 잘못된 역사가 잊히면 반드시 반복되기에

▲ 쇼아 기념관 입구의 '정의의 벽'

프랑스에서 체포되어 강제수용소로 보내진 20만 명

1942년 7월 16일, 프랑스 군인은 1만 3,000명의 유대인 남자, 여자, 어린이를 대거 체포해서 벨 디브Vel d'Hiv라는 경륜장에 감금하고 있다가 나치에 강제 송환했다. 그리고 1995년 7월 16일, 당시 프랑스 대통령이던 자크 시라크Jacques Chirac는 이들을 위한 기념관 앞에서 전 세계가 50년 동안 기다려온 말을 했다.

"프랑스 정부와 경찰은 씻을 수 없는 범죄를 저질렀습니다. 인권의 수호자이며 계몽주의의 나라이며 환대와 망명의 나라인 프랑스는 돌이킬 수 없는 죄를 지었습니다. 자신의 약속을 어기고 프랑스 보호 아래 있던 유대인을 나치 일당에 넘겼습니다."

이 연설로 시라크 대통령은 프랑스 정부의 홀로코스트 개입을 부정하려고 했던 정치인들과 고리를 완전히 끊어버렸다. 그 전에는 괴뢰정부의 나치 협력자들에게만 비난을 돌렸었다.

이것은 매우 중요한 상징성을 띠고 있다. 전쟁 이후 프랑스는 제2차 세계대전 당시 프랑스 내의 유대인을 어떻게 다루었는지에 대해 개탄은 하면서도 잘못을 정직하게 인정하지는 않았다. 나치 협력자들에 대해서는 늘 부끄러워했지만 같은 시민들이 공포에 떠는 와중에도 그들을 외면했던 프랑스 국민이 분명히 있었기에 절대로 들추고 싶지 않은 과거였던 것이다.

하지만 프랑스는 천천히 과거를 인정하면서 전진해왔다. 그

증거는 바로 파리를 비롯해서 프랑스 전역에 있는 기념관 세 곳이다. 이 기념관에서는 홀로코스트에서 학살당한 시민들을 기억하고 반유대주의라는 아픈 현실을 인정하면서 안타까운 역사를 정면으로 마주 보려 한다. 따라서 이 박물관들은 역사의 어두운 시기에 영합했던 프랑스라는 나라의 반성문이라고 할 수 있다.

첫 번째 기념관은 파리 관광지의 하나인 시테 섬의 노트르담과 생트샤펠 성당에서 그리 멀지 않지만 쉽게 눈에 띄지는 않는 곳에 있다. 무료 입장인 이곳은 1962년 드골Charles de Gaulle 대통령이 1940년에서 1945년 사이 프랑스에서 체포되어 강제수용소로 보내진 무고한 시민 20만 명을 추념하기 위해 지었다.

이 기념관이 반드시 유대인 희생자들만을 위한 곳은 아니지만, 이곳에 이름이 적혀 있는 사람들 중 7만 6,000명이 유대인이고, 그들 중 1만 1,000명은 어린이다. 건물 구조는 대단히 상징적이어서 높은 콘크리트 벽 사이의 좁은 계단은 마치 강제수용소의 밀실공포를 연상시키고, 그곳의 어두움과 협박을 모사한 것 같다.

삼각형의 이미지 또한 죽음의 수용소에서 수감자들에게 주어진 환경과 비슷하게 어두컴컴한 지하실까지 길게 이어진다. 길고 좁은 전시실에는 강제 추방당한 자들을 위해 밝게 빛나는 막대기가 수천 개 있어 보는 순간 울컥해진다.

인간이 저지른 잔혹범죄를 잊지 않기 위해

지난 900년 동안 유대인의 삶의 터전이었던 마레 지구에도 그들을 기억하기 위해 지은 쇼아 기념관Mémorial de la Shoah이 있다. 이곳은 2005년 아우슈비츠 해방 60년 기념으로 개관했다. 기념관 입구벽에는 1942년에서 1944년 사이에 추방된 프랑스 유대인 7만 6,000명의 이름이 새겨져 있는데, 그 안에는 당시에 체포되고 추방되고 풀려나고 수배 중이었던 유대인이 모두 기록되어 있다.

그 자료들이 디지털로 저장되면서 쇼아 기념관은 이제 유럽에서 가장 방대한 자료를 보유하고 있는 정보센터가 되었다. 이 기록을 토대로 연구원 여섯 명이 2년 동안 이 이름이 새겨진 벽을 완성함으로써 프랑스의 공식적인 나치 협조를 증빙하는 고발장이 탄생했다. 그래서 이 앞에 서면, 프랑스가 정면으로 자신의 과오와 슬픔을 마주하는 모습을 보게 된다.

이 기념관에는 그때 목숨을 걸고 유대인을 도와주고 살려주고 보호해준 프랑스 국민 3,376명의 이름도 적혀 있다. 이들의 이름은 '정의의 벽Le Mur des Justes'에 새겨져 있는데, 우리는 그 앞에서 그들의 용기를 기억하고 인간성에 대한 믿음을 재확인한다.

이런 영구 전시로 우리는 제2차 세계대전에서 프랑스와 유럽 전체에서 행해진 유대인 학살의 역사를 알게 된다. 여기서는 집

단만 보여주는 게 아니라 그때 희생된 개인의 삶을 독창적이고 다층적인 방식으로 전시하고 있다. 박물관 전체에 희생자들의 소유물과 사진, 전기들이 놓여 있는 것이 그것이다.

마지막 관은 어린이 추모관이다. 프랑스에서 추방된 3,000명, 그 귀여운 아이들이 웃는 모습이 담긴 사진이 여기에 있다. 모든 것을 빼앗기고 세상에서 사라진 이 아이들의 사진을 보면 인간이 저지른 잔혹한 범죄에 마음이 부서지는 느낌이 든다.

유대인이 체포된 후 아우슈비츠를 비롯한 여러 도시의 수용소로 호송되는 기차를 타기 전에 반드시 들르는 도시가 있었다. 바로 드랑시Drancy였다. 체포된 유대인 7만 6,000명 가운데 6만 3,000명이 이곳을 잠시 거쳐 갔다.

이곳의 환경은 너무나 불결하고 처참해서 대략 3,000명이 국외로 나가기 전에 죽었다. 첫 번째로 아우슈비츠로 향하는 호송대는 1942년 3월 27일 기차에 1,112명을 싣고 출발했지만 22명만 살아남았다. 드랑시는 나치의 유대인 몰살 전략에서 중요한 거점 요새였던 것이다.

2012년 쇼아 기념관과 연계하여 파리에서 30분 정도 떨어진 이 곳 드랑시에도 박물관이 개관되었다. 연구기관이 있는 이곳에서는 이 불명예스러운 장소의 역사와 수감자들의 생애, 호송대가 어떻게 조직되었는지도 볼 수 있다.

히틀러 치하의 독일에 프랑스가 협조했다는 이야기는 너무나 불명예스러워서 하얗게 지워버리고 싶은 역사의 한 장면일 것이다. 반면, 프랑스인은 전쟁 동안 목숨을 걸고 싸웠던 레지스탕스들의 용감한 행동을 무척이나 자랑스러워한다.

2015년 5월, 프랑수아 올랑드François Hollande 대통령은 레지스탕스 네 명을 팡테옹 위인 묘지에 안장하며 국가적 영웅으로 모셨다. 여기에는 샤를 드골 전 대통령의 조카딸 드골 안토니오즈De Gaulle Anthonioz와 제르멘 티용Germaine Tillion이라는 여성이 포함되었다. 이들은 유대인 가족을 살리기 위해 자기들의 신분증명서들을 주었다는 이유로 강제수용소로 추방되었으나 간신히 살아남았다.

우리는 팡테옹 위인 묘지에서 이들 네 사람에게 경의를 표하면서, 동시에 홀로코스트에서 고통을 당하다 사라진 프랑스 유대인 7만 6,000명을 위해 슬퍼할 수 있게 되었다. 우리가 이 기억을 더 마주하면 할수록 그들의 존재감은 더욱 강력해진다. 어쩌면 그것은 바로 프랑스인이 스스로 만든 홀로코스트 기념관이 있기 때문일 것이다.

부르고뉴

29 소설《다빈치 코드》와 십자군 전쟁의 성지

▲ 프랑스의 대표적 로마네스크 수도원 성당, 생트 마리마들렌 성당

천년의 역사를 품은 작은 성소에서 삶을 돌아보다

어디를 가나 유럽의 전형적인 풍경화에 나오는 작은 마을 같은 경치를 보여주는 베즐레에 대해 말할 때는 어디서부터 풀어나가야 할지 모르겠다. 베즐레는 부르고뉴 지방의 자그마한 언덕위에 있는 도시지만 독특하고 아름다운 풍경으로 일 년 내내 여행객들의 발길이 끊이지 않는다.

이곳은 한때 십자군전쟁의 출발지였으며, 천 년 전의 전통가옥 같은 건축물 원형을 그대로 보존하고 있는 문화유산의 도시이기도 하다. 그런가 하면 이곳에는 프랑스의 대표적 로마네스크 수도원 성당 중 하나인 생트 마리마들렌Sainte Marie-Madeleine 성당이 있다. 이곳은 예수의 부활을 처음 목격한 막달라 마리아의 유해가 모셔진 성당으로 유명하다.

이 도시는 또한 서유럽의 중세 전성기 시절에 가장 부유하고 제일 큰 권력을 지녔던 아키텐의 여자 공작 엘레오노르의 발자취가 있는 곳이기도 하다. 남프랑스의 화려하고도 세련된 궁정문화를 유럽 전역에 널리 전파한 엘레오노르는 프랑스 루이 7세의 왕비이자 잉글랜드왕 헨리 2세의 왕비였고, 헨리 2세의 아들인 잉글랜드의 리처드 1세와 존을 낳기도 했다.

베즐레의 바실리카에 한 번이라도 다녀온 사람은 이곳을 생생히 기억한다. 하지만 베즐레의 바실리카는 베르사유 같은 대

규모 건축물을 기억할 때처럼 열광적이지 않고 오히려 아주 고요하고 부드러운 느낌으로 기억된다.

베즐레의 성당은 프랑스에서 가장 위엄이 넘치는 대성당도 아니고, 몇몇 유명한 대성당처럼 역사적으로 큰 의미가 있는 것도 아니다. 그러나 이곳에 다녀온 사람들에게는 소중한 기념품처럼 마음속에 오래 남게 된다.

1920년 발표한 《순수의 시대The Age of Innocence》로 퓰리처상을 받은 미국의 작가 이디스 워튼은 《프랑스 자동차 여행》이라는 여행기에서 베즐레에 대해 글을 썼다. 그녀는 이 글에서 왜 베즐레를 방문하는 일이 그렇게도 인상적인지를 설명했다. 이 교회는 언덕 꼭대기 아주 높은 곳에 외로이 떨어져서 수천 년의 기억을 홀로 품고 서 있는데, 이디스는 그 처연한 모습을 이렇게 적었다.

이 교회는 그렇게 많은 것을 보고 난 후에
이제는 삶과 멀리 떨어져 있고자 하는 것이다.

이디스는 이 교회를 '인내심 있는 목격자'라고 적었는데, 나는 그러한 인내심과 참을성은 오롯이 여자들의 것이라고 생각한다. 나도 베즐레의 이미지를 완벽하게 기억한다. 열세 살 생일 때 그곳에 처음 갔는데, 그 뒤로 갈 때마다 조금씩 수정되어 완벽하게 변하고 있다. 다시 가면 어딘가 살짝 변한 듯하지만 여전히 아름답다.

그리고 지금은 순례자의 여행길과 로마네스크 교회의 이름이기도 한 마들렌에 얽힌 역사를 폭넓게 이해하게 되면서 이 도시가 품고 있는 역사와도 한층 더 가까워진 느낌이다.

나는 언덕 밑에 주차한 다음 생트 마리마들렌 성당으로 향하는 길로 걸어갔다. 이 성소는 오로지 막달라 마리아만의 것이다. 그녀는 예수님의 십자가 처형과 부활을 목격했고, 예수 그리스도를 간절히 추종했으며, 미국 소설가 댄 브라운Dan Brown의 《다빈치 코드The Da Vinci Code》 독자들에게는 예수님 아이를 낳은 여인이기도 하다.

이곳 사람들은 막달라 마리아가 배를 타고 프랑스로 와서 30년의 여생을 프로방스Provence의 한 동굴에서 신비주의자로, 그리고 금욕주의자로 살았다고 믿는다. 그녀의 유골을 8세기에 사라센의 침략으로부터 보호하기 위해 프로방스에서 베즐레로 옮겼다는 이야기도 전해진다.

1040년에 이곳 수도원장이 그녀의 유골이 실제로 존재한다고 공식 발표함으로써 바실리카의 황금시대를 열었고, 교회 앞에는 순례자들이 줄을 이어 해마다 수만 명이 찾아왔다. 하지만 1279년 그녀의 무덤이 프로방스의 작은 마을 생 막시맹 라 생트 보메Saint Maximin La Sainte Baume에 있다는 사실이 알려지면서 유골의 진실성에 의심이 생겼다.

그럼에도 그녀의 것인지 아닌지 확실치는 않지만 어쨌든 유골의 일부가 이 바실리카 지하실의 황금 유물함에 남아 있다고 사람들은 여전히 믿는다. 가톨릭 신자들은 자신의 신앙에 따라 이 신비로운 이야기를 받아들이면서 믿고 싶은 대로 믿었다. 어찌 되었든 결국 그것이 신앙의 본질 아니겠는가.

베즐레는 프랑스에서도 첫손에 꼽히는 산티아고 순례길의 출발점으로, 프랑스에서 출발하는 네 군데 산티아고 순례길 출발지 중 하나다. 순례자들은 여기서부터 리무쟁, 페리고르, 아키텐, 랑드를 거쳐 피레네까지 줄기차게 걷는다. 이러한 전통은 10세기부터 생겼는데, 내가 이곳에 갔을 때도 무거운 배낭을 짊어진 사람들이 가파른 언덕길을 천천히 오르고 있었다. 이들은 배낭에 대롱대롱 매달린 가리비 껍질로 정체가 확실히 구별되었다.

산티아고는 스페인에 기독교를 들여온 예수님의 제자이자 이슬람 침입자들로부터 보호해준 수호성인 성 제임스Saint James (프랑스어로는 생 자크Saint Jacques)의 무덤을 안치한 바실리카가 있어 가톨릭의 신성한 도시로 손꼽힌다.

베즐레는 중심 도로에 한두 개 서점과 카페가 들어서 있을 뿐인 조용한 시골 소도시로, 정부가 프랑스에서 아름다운 마을 중 하나로 선정하기도 했다. 마을에는 너저분한 선물가게조차 찾아볼 수 없는데, 그럼에도 다른 모든 곳처럼 여름에는 관광객들로 북적이고, 당연히 성 주간Holy Week에는 더하다.

그곳에서 나는 마을을 한 바퀴 돌다가 야트막한 언덕에 자리를 잡고 앉아서 거대하게 이어지는 모르방Morvan 산맥의 회색과 녹색의 숲과 그 옆을 거침없이 흐르는 욘Yonne 강, 그리고 멀리 펼쳐진 부르고뉴의 포도밭을 바라보았다.

위대한 예술만이 가질 수 있는 아름다움

바실리카 아래의 들판에서, 1146년 클레르보Clairvaux의 수도자인 생 베르나르Saint Bernard가 군중에게 두 번째 십자군 원정에 대해 설교했다. 전설에 따르면 이때 프랑스의 왕비이자 루이 12세의 아내인 아키텐의 엘레오노르가 갑옷을 입고 말을 타고 달려오더니 군중에게 다 같이 신성한 나라로 가자고 외쳤다고 한다.

원정길에 오른 엘레오노르는 예루살렘으로 가는 길에 남편 루이 12세와 정치적 견해가 갈린 끝에 이혼하고 말았다. 하지만 8년 후인 1154년 그녀는 다시 왕비가 되어 나타났는데, 이번에는 잉글랜드왕 헨리 2세의 아내였다.

일요일 이른 아침에 햇살이 모든 것을 아늑히 감싸고 있는 생 마리 마들렌 교회에 갔다. 이 바실리카는 한때 불에 타기도 하고 신의 존재를 부정한 프랑스혁명 기간에는 시위대가 형편없이 훼손하기도 했지만 그럼에도 멀쩡히 살아남아 지금과 같은 우아한 모습을 보이고 있다.

초기 기독교 시대에는 성당의 정면 입구와 본당 사이에 좁고 긴 현관을 꾸며놓았다. 이를 나르텍스narthex라고 하는데, 이곳의 성당은 특히 로마네스크 건축 양식의 전형을 보여주어 여행자들의 눈길을 끈다. 여기다 신도들이 예배를 드리기 위해 앉는 좌석이 모인 곳은 하늘로 향하는 것처럼 높이 설치된 성가대단으로 이어지는데, 이것은 전형적인 고딕 양식을 따랐다.

이렇게 로마와 고딕 양식이 하나로 섞여 있는 건축물이다 보니 생트 마리마를렌 성당은 신도뿐만 아니라 전 세계 건축가들의 주목을 받고 있다. 햇살이 기둥부터 둥근 천장까지 노랗게 물들이는 광경은 너무도 우아하고 장엄하다. 복도 또한 쏟아지는 햇살에 주홍빛으로 붉게 변해서 환상적인 광경을 연출한다. 천 년의 세월을 견뎌온 탓에 건축물 자체는 무척 낡았지만 촘촘하면서도 미묘한 황홀감은 여전히 간직하고 있다. 이런 모습에 대해 작가 이디스는 '위대한 예술만이 가질 수 있는 아름다움'이라고 설명했다.

베즐레는 결코 압도적이지 않다. 오히려 부드럽게 여행자의 어깨에 내려앉는 것 같다. 베즐레를 찾는 여행자들은 교회 안의 빛, 로마와 고딕의 시적인 조화, 부르고뉴 특유의 에메랄드그린 색상의 전망, 백마를 타고 군중에게 신성한 나라로 가자고 외쳤던 여걸 엘레오노르의 이미지, 그 모든 것이 합쳐진 아름다움에 깊이 매료되어 오랫동안 이곳을 기억하게 된다.

프랑스에는 '신성한 여인'이라고 불리는 마리 마들렌을 찾아갈 수 있는 장소들이 몇 곳 더 있다. 남프랑스 카마르그Camargue에 있는 생트 마리 드 라 메르Saintes Maries de la Mer도 그중 하나다. 반 고흐는 프로방스 아를에 머무는 동안 지중해 연안에 있는 생트 마리 드 라 메르를 여행하고 돌아와서 당장 〈생트 마리의 바다 풍경〉이라는 작품을 남길 만큼 깊이 매료되었다. 이 마을에서는 또 마리 마들렌의 딸로 알려진 사라Sarah를 기리는 축제가 해마다 5월에 열린다.

마리 마들렌이 인생의 마지막 30년을 보냈다고 알려진 프랑스 남동부 바르 주에 있는 생트 보메Sainte Baume도 있다. 그녀 유산의 일부를 간직한 동굴에는 언제나 촛불이 켜져 있는데, 순례자들은 도미니카의 수도사가 보존한 이곳을 보려고 몹시 가파른 돌길을 애써 걷는다.

여기서 45분 정도 가면 신앙심이 깊은 사람들에게는 세상 어느 곳보다 감동적인 장소인 바실리카 생트 마리 마들렌 안에 그녀의 지하묘지가 있다. 이곳은 1279년 샤를 2세가 마리 마들렌의 석관을 발견한 성소로, 그 안에 그녀의 유골과 두개골이 있다고 전해진다. 신앙심 깊은 사람은 물론이고 가톨릭과 거리가 있는 여행자들도 이곳에 가면 경건하게 자기 삶을 돌아보게 된다.

브르타뉴

30 완전히 다른 차원의 정신적 체험이 가능한 곳

▲ 유럽에서 가장 큰 선사시대 유적지, 카르나크 열석

해변에 우뚝 서 있는 3,000개 선돌과 고인돌

우리는 고딕 대성당들을 보러 들어가기 전부터 이미 감탄하고 경외할 준비가 되어 있다. 파리의 노트르담이건 랭스의 노트르담이건, 우리는 그 안에 들어가면서부터 목을 뒤로 젖힌다. 웅장한 아치형 지붕과 60m에 달하는 높은 천장, 그리고 교회사적 가치가 있는 예술품들인 십자가, 단상, 신도석, 조각상과 모자이크와 스테인드글라스를 보며 눈을 껌벅인다.

이 모든 것은 언제나 위를 올려다보는 경험이고, 햇살이 천상의 빛이 되어 들어오는 높은 창문을 바라보는 일이다. 그러면서 대성당의 수직성과 개방성에 압도당한 우리는 이내 왜소해진다. 인간이라는 작은 존재를 실감하면서, 이 신성한 성전 안에서 몹시 조심스러워진다.

브르타뉴 지방 남동쪽에 있는 거석 유적지 카르나크에서도 역시 인간의 작은 존재를 실감하며 경건해지지만, 성당에서와는 완전히 다른 차원의 정신적 체험을 한다. 프랑스 북서부에 위치한 모르비앙Morbihan 해안지역에 분포되어 있는 크고 작은 3,000여 개 선돌과 고인돌이 우뚝 서서 장관을 이룬 이곳은 유럽에서 가장 큰 선사시대 유적지다.

그런데 여기까지는 신의 스케일이라기보다는 인간의 스케일이다. 나는 폐허 사이를 걸으며 사색하고, 그러면서 어떤 숭고하고 원시적인 의식에 참여한다. 그 사색은 해답을 제공해주기보다는 질문을 던지며 우리 두뇌를 일깨운다.

"도대체 누가, 어떻게, 이 측량할 수 없이 무거운 화강암들을 채석장에서 캐내어 이동시키고, 이토록 빽빽하게 설치했을까?"

교회에서는 어떤 행위에 늘 한 가지 해답만 있다. 그러나 이곳에 서서 사람들이 대체 어떤 목적으로 그렇게 했는지 아무리 생각해봐도 풀 길이 없고 궁금증만 더할 뿐이다. 내가 이 책을 쓰기로 마음먹었을 때, 제일 먼저 떠오른 장소와 소재가 바로 이곳 카르나크였다.

남편이 돌을 만지는 조각가이고, 그가 나에게 버려진 채석장에서 돌에 숨겨져 있는 생명력과 움직임을 보는 법을 가르쳐주었기 때문이 아니다. 카르나크와 근처 퀴베롱Quiberon 해변에 설탕처럼 고운 모래사장이 있다거나 이곳의 식당들이 브르타뉴 전통의 맛 좋은 크레페를 서빙해주기 때문이 아니다.

내가 처음 이 들판에 눈을 고정했을 때부터, 카르나크의 거대한 규모와 영원불멸함과 원초적이고 근원적인 물음이 나를 완전히 사로잡아버렸다. 이곳은 대성당보다는 조금 더 인간적으로 가깝게 느껴지지만, 불가사의한 것으로는 훨씬 더하다.

카르나크에는 길이가 3.2km가 넘는 7개의 들판에 3,000개가 넘는 거석이 때로는 나란히 줄을 서서, 때로는 제멋대로 서 있다. 카르나크에서 가장 오래된 거석들은 기원전 4500년의 신석기시대 것이라고 한다.

마치 군대가 질서 있게 정렬한 것 같은 이 풍경을 보면서 나는 유명한 고대의 전설을 떠올렸다. 소들의 수호신인 성 코르넬리우스Saint Cornelius가 브르타뉴 지방의 로마 군인들에게 추격을 당하다 위기에 몰리자 로마 군인들을 모두 돌로 만들어버렸다는 내용이다.

이 많은 돌을 어떻게 옮기고, 왜 이런 식으로 배치했을까

이제 이 기본적인 배경을 기억하면서 다음 장면들을 상상해보자. 끝도 없이 펼쳐진 들판에 마치 최면을 거는 것처럼 돌이 수천 개 늘어서 있다. 이 돌들은 정말로 천년왕국을 지키려는 보초병 같기도 하다.

카르나크에 서 있는 돌들을 '선돌Menhir'이라고 하는데 몇 개 줄로 정렬되어 있기도 하고 둥그렇게 원을 그리며 늘어서 있기도 하다. 이를 '환상 열석cromlech'이라고 한다.

선돌과 고분으로 구성된 작은 방 같은 고인돌은 무덤으로 사용되었고, 그중에서 가장 유명한 것은 생 미셸Saint Michel에 있는 고분이다. 특히 케르마리오Kermario 지방의 거석군에는 100개 선돌이 열 줄로 서 있고, 그중에 몇 개는 높이가 30m에 달한다.

고고학자들은 지난 몇 세기 동안 카르나크에 줄지어 있는 돌들의 비밀을 연구했지만 도저히 풀 수 없었다. 어떤 이들은 농부들에게 하지와 동지를 알려주는 거대한 해시계라고 했고, 일식과 월식을 예고해주는 관측소였다고 말하는 이도 있었다. 무덤, 로마 군대 유적지, 요정들의 동굴, 예배 장소라고 하기도 했다.

귀스타브 플로베르는 1904년 출판한 여행기 《브르타뉴 여행의 기록Over Strand and Field: A Record of Travel Through Brittany》에서, 골동품 전문가들과 대주교, 성직자와 이집트 역사 전문가, 그리고 켈트족이 자기들의 허영 때문에 카르나크를 대단한 역사를 품고 있는 곳으로 해석했다고 말하면서 이렇게 적었다.

"이건 그저 나 개인의 의견이다. 카르나크의 돌이 무슨 돌인가 하면, 그냥 아주 큰 돌일 뿐이다!"

글쎄, 그것이 무엇이 되었건 그 돌들은 거기 서 있고, 거친 힘을 갖고 있는 돌들이라는 사실은 틀림이 없다. 이 폐허 사이를 걷고 있으면 그 힘을 받기도 하고, 때로는 주기도 할 것이다. 대성당에서 우리는 인간이 어떻게 거대하고 딱딱한 돌에 그렇게 섬세한 장식을 조각했는지 놀라워한다. 이곳에서는 이 돌들을 어떻게 옮겨, 왜 이런 식으로 배치했는지가 궁금해진다.

우리는 여전히 이 돌들의 자연스러운 아름다움을 느끼며 경탄한다. 그런데 보면 볼수록 카르나크의 모양이 인간 조각상과 닮아 보여 전설처럼 이 돌들은 로마 군인들이 틀림없을 거라고 남몰래 속삭이기도 한다.

혹시 나는 어떻게 생각하는지 궁금하신가? 나는 카르나크의 거석들이 매우 여성스럽다고 생각한다. 굴곡과 틈이 있고, 부드럽고도 자연스러운 윤곽이 있다. 그리고 여성들처럼 세월이 흐를수록 더 아름다워지고, 성숙해지면서 점점 더 멋있어지기 때문이다.

ADDRESS

—

PART 1 가장 멋진 에펠탑을 볼 수 있는 8가지 방법

01 **에펠탑** Champ de Mars. 5 Avenue Anatole France. 75007 Paris
사크레쾨르 성당 35 Rue du Chevalier de la Barre. 75018 Paris
오파리 레스토랑 Le O'. 1 Rue des Envierges. 75020 Paris
카모엥 거리 Avenue de Camoens. 75116 Paris
팔레 드 도쿄 13 Avenue du Président Wilson. 75116 Paris
트로카데로 광장 Place du Trocadéro et du 11 Novembre. 75016 Paris
케브랑리국립박물관 37 Quai Branly. 75007 Paris
조제프 드 메스트르 거리 Rue Joseph de Maistre. 75018 Paris
팡테옹 Place du Panthéon. 75005 Paris
02 **샤토 드 베르사유** Place d'Armes. 78000 Versailles
03 **레 테르메** 100 Boulevard Hébert. 35400 Saint-Malo
포르 나시오날 Fort National. 35400 St-Malo
그랑베 Grand Bé. 35400 St-Malo
04 **생 마티유 등대** 5 Rue des Moines. 29217 Plougonvelin
스티프 등대 르 콩케 항구(Finist'mer Le Conquet. 29217 Le Conquet)에서 배 타고 1시간
에크뮐 등대 Rue du Phare. 29760 Penmarch
05 **몽생미셸** 50170 Le Mont-Saint-Michel
라 메르 풀라르 Grande Rue. 50170 Le Mont-Saint-Michel
06 **에트르타 관광 안내소** Place Maurice Guillard. 76790 Étretat

PART 2 세상에서 가장 따뜻한 크리스마스를 아세요?

07 **스타니슬라스 광장** Place Stanislas. 54000 Nancy
에콜 드 낭시 미술관 École de Nancy 38 Rue Sergent Blandan. 54000 Nancy
메종 데 쇠르 마카롱 21 Rue Gambetta. 54000 Nancy
앙드레 마지노 광장 Place André Maginot. 54000 Nancy
그랑드 거리 Grande Rue. 54000 Nancy
08 **마르셰 드 노엘** Place de la Cathédrale. 67000 Strasbourg
브로글리 광장 Place Broglie. 67000 Strasbourg
므니에 광장 Place des Meuniers. 67000 Strasbourg
아우스터리츠 광장 Place d'Austerlitz. 67000 Strasbourg
클레베르 광장 Place Kléber. 67000 Strasbourg
09 **쉬농소 성** Château de Chenonceau. 37150 Chenonceaux
10 **클로드 모네 재단** 84 Rue Claude Monet. 27620 Giverny
11 **옹플뢰르 카트린느 교회** Saint Catherine's Church Honfleur. 14600 Honfleur
카망베르 박물관 61 Le Bourg. 61120 Camembert
레스토랑 레 바퐈 160 Boulevard Fernand Moureaux. 14360 Trouville-sur-Mer
12 **샤토 드 보 르 비콩트** Château de Vaux le Vicomte. 77950 Maincy

PART 3 일생에 한 번은 알자스의 와인 길을 걸어라

13 **샤토 드 말메종** Avenue du Château de la Malmaison. 92500 Rueil-Malmaison

14 **콜마르 관광 안내소** Rue des Unterlinden. 68000 Colmar
오베르네 관광 안내소 Place Beffroi. 67210 Obernai

15 **메종 뵈브 클리코 방문자 센터** 1 Place des Droits de l'Homme. 51100 Reims

16 **아베이 드 모르지오** Morgeot. 21190 Chassagne-Montrachet

17 **조르주 퐁피두 센터** Place Georges-Pompidou. 75004 Paris

18 **태피스트리 박물관** 13 bis Rue de Nesmond. 14400 Bayeux

PART 4 현재 주어진 것보다 다른 삶을 찾고 싶다면

19 **로댕 미술관** 79 Rue de Varenne. 75007 Paris

20 **에디트 피아프 박물관** 5 Rue Crespin du Gast. 75011 Paris

21 **퀴리 박물관** 1 Rue Pierre et Marie Curie. 75005 Paris

22 **크리스티앙 디오르 박물관** 1 Rue d'Estouteville. 50400 Granville

23 **메종 드 조르주 상드** 2 Place Saint Anne. 36400 Nohant-Vic

24 **르 그랑 베푸르** 17 Rue de Beaujolais. 75001 Paris
팔레 루아얄 8 Rue de Montpensier. 75001 Paris

PART 5 완전히 다른 차원의 여행을 경험하다

25 **랑부예 성** Château de Rambouillet. 78120 Rambouillet

26 **개선문** Place Charles de Gaulle. 75008 Paris
뷔트 쇼몽 공원1 Rue Botzaris. 75019 Paris
카페 데 뮤제 49 Rue de Turenne. 75003 Paris
올랭프 드 구즈 광장 Passage Roche. 93500 Pantin

27 **랭스 대성당** Place du Cardinal Luçon. 51100 Reims

28 **홀로코스트 기념관** Square de l'Ile de France. 7 Quai de l'Archevêché. 75004 Paris
쇼아기념관 17 Rue Geoffroy l'Asnier. 75004 Paris

29 **생트 마리마들렌** Vézelay Abbey. 89450 Vézelay
생트 마리 드라 메르 관광 안내소 5 Avenue Van Gogh. 13460 Saintes-Maries-de-la-Mer

30 **카르나크** Lleu-dit le Ménec. 56340 Carnac

PHOTO CREDIT

014 Christopher Rayan / Shutterstock.com

021 Songquan Deng / Shutterstock.com
https://www.flickr.com/photos/samspectrum
merc67 / Shutterstock.com

022 https://www.flickr.com/photos/sninara

027 Delpixel / Shutterstock.com

029 Jose Ignacio Soto / Shutterstock.com

032 https://www.flickr.com/photos/julien-carnot

038 Duba DP / Shutterstock.com
https://www.flickr.com/photos/la_bretagne_a_paris

044 Maurizio Biso / Shutterstock.com

054 https://www.flickr.com/photos/carlos1138
https://www.flickr.com/photos/ergsart

066 Hadrian / Shutterstock.com

079 Natalia Paklina / Shutterstock.com
Kiev.Victor / Shutterstock.comYuri Turkov / Shutterstock.com
charis_freya / Shutterstock.com

080 JHVEPhoto / Shutterstock.com

086 https://www.flickr.com/photos/anieto2k
Gimas / Shutterstock.com

094 pio3 / Shutterstock.com

100 Anna Pakutina / Shutterstock.com
https://www.flickr.com/photos/renaud-camus

116 https://www.flickr.com/photos/vieillespubs
https://www.flickr.com/photos/mustangjoe
Ekaterina_Minaeva / Shutterstock.com

128 MarinaDa / Shutterstock.com

133 guentermanaus / Shutterstock.com

136 https://www.flickr.com/photos/archer10
https://www.flickr.com/photos/fogey03

144 Meeso / http://commons.wikimedia.org
https://www.flickr.com/photos/shadowgate

149 Lomita / http://commons.wikimedia.org

150 Yuliia Myroniuk / Shutterstock.com

152 wjarek / Shutterstock.com
https://www.flickr.com/photos/jmenj
https://www.flickr.com/photos/estampemoderne

158 https://www.flickr.com/photos/tekniskamuseetLacek2 /
http://commons.wikimedia.org

164 https://www.flickr.com/photos/nikoskoutoulasphotography
CTatiana / Shutterstock.com
Emma manners / Shutterstock.com

170 https://www.flickr.com/photos/wikimediacommons
https://www.flickr.com/photos/sybarite48

178 Kiev.Victor / Shutterstock.com

181 https://www.flickr.com/photos/brighton

192 Michael Warwick / Shutterstock.com

200 Tangopaso / http://commons.wikimedia.org

208 Paul Vance / Shutterstock.com

옮긴이 노지양

연세대학교 영문학과를 졸업하고 KBS와 EBS에서 라디오 방송 작가로 일했다. 전문번역가로 활동하며 《나쁜 페미니스트》, 《위험한 공주들》, 《마음에게 말 걸기》, 《스틸 미싱》, 《베를린을 그리다》, 《나는 그럭저럭 살지 않기로 했다》 등 60여 권의 책을 번역했다.

프랑스와 사랑에 빠지는
인문학 기행 멋과 문화의 북부

초판 1쇄 인쇄일 2019년 03월 15일
초판 1쇄 발행일 2019년 03월 22일

지은이 마르시아 드상티스
옮긴이 노지양
발행인 이승용
주간 이미숙
편집기획부 박지영 황예린 **디자인팀** 황아영 한혜주
마케팅부 송영우 김태운 **홍보마케팅팀** 조은주
경영지원팀 이루다 이소윤

발행처 |주|홍익출판사
출판등록번호 제1-568호
출판등록 1987년 12월 1일
주소 [04043]서울 마포구 양화로 78-20(서교동 395-163)
대표전화 02-323-0421 **팩스** 02-337-0569
메일 editor@hongikbooks.com
홈페이지 www.hongikbooks.com

제작처 갑우문화사

ISBN 978-89-7065-679-3 (04840)

이 도서의 국립중앙도서관 출판예정도서목록(CIP)은
서지정보유통지원시스템 홈페이지(http://seoji.nl.go.kr)와
국가자료공동목록시스템(http://www.nl.go.kr/kolisnet)에서 이용하실 수 있습니다.
(CIP제어번호: CIP2019008039)

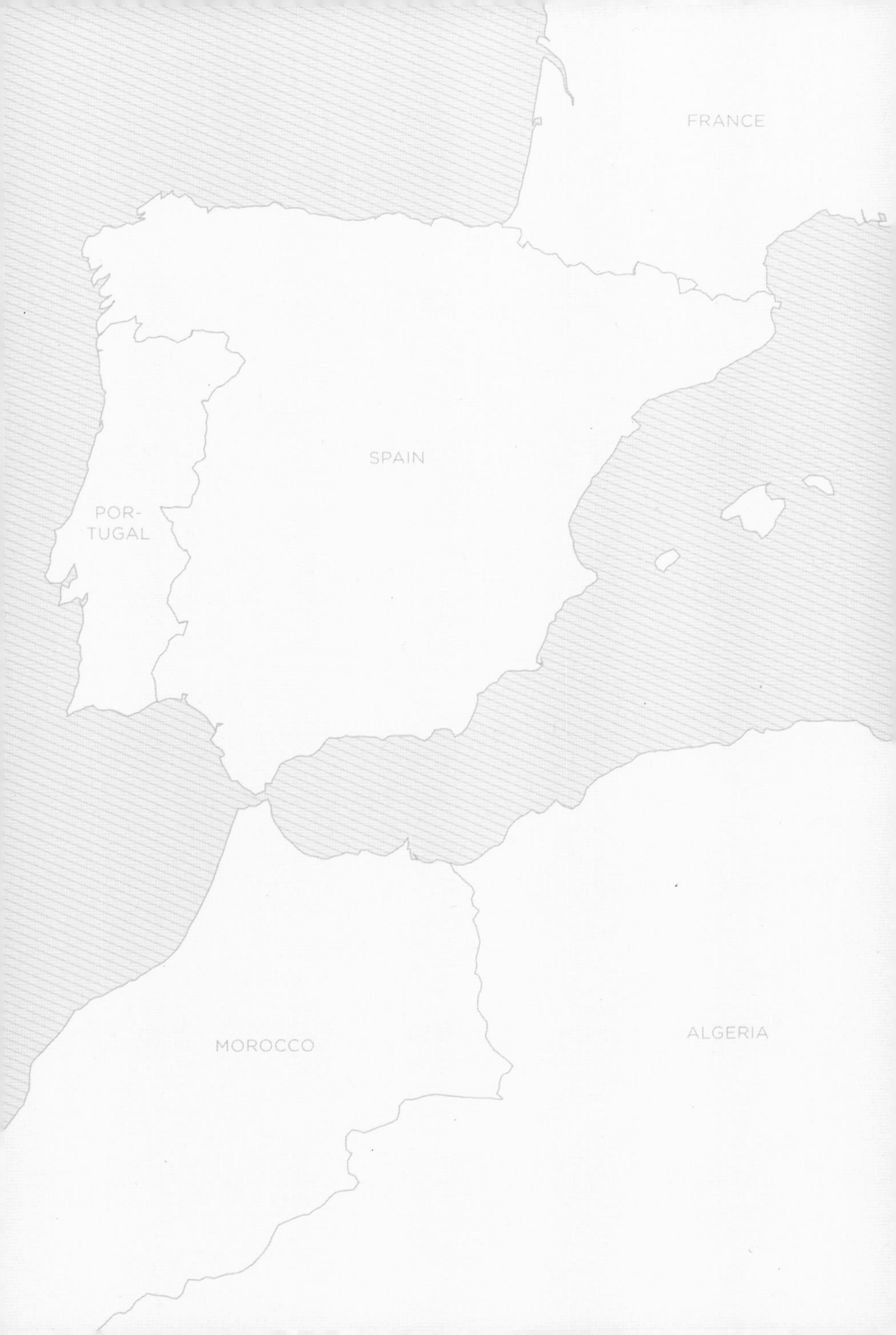
FRANCE
SPAIN
POR-
TUGAL
MOROCCO
ALGERIA

CROATIA
FRANCE
BOSNIA
AND
HERZEGOVINA
ITALY
TUNISIA
ALGERIA
LIBYA

ROMANIA
BULGARIA
GREECE
TURKEY
EGYPT

ARMENIA
AZERBAIJAN
TURKEY
SYRIA
IRAN
IRAQ
JORDAN
SAUDI ARABIA